VUELO HACIA LA LIBERTAD

Una novela sobre
Ana Frank
Antes del *Diario*

Título original: *When We Flew Away: A Novel of Anne Frank, Before the Diary*
Traducción del inglés: Elizabeth Casals
Edición revisada y adaptada.

Primera edición: enero de 2025

© 2024, Alice Hoffman
© 2025, VR Europa, un sello de Editorial Entremares, S.L.
C/ Balmes 188, 08006 Barcelona - www.vreuropa.es

Originalmente publicado por Scholastic Press, un sello de Scholastic Inc.

ISBN: 978-84-19873-83-5
Deposito legal: B-18457-2024
Diseño de cubierta : Elizabeth B. Parisi
Impreso por Estellaprint

Impreso en España / *Printed in Spain*

Este libro se ha impreso en papel procedente de bosques gestionados de forma
sostenible y que ha seguido un proceso de fabricación totalmente libre de cloro.

ALICE HOFFMAN

VUELO HACIA LA LIBERTAD

Una novela sobre
Ana Frank
Antes del *Diario*

Traducción: Elizabeth Casals

Si bien esta obra está inspirada en hechos y personajes históricos, es una novela de ficción que no pretende ser fidedigna ni retratar acontecimientos o relaciones reales. Lo más probable es que las referencias a personas que existieron, vivas o muertas, establecimientos comerciales, sucesos o lugares no sean exactas, sino que han sido noveladas por la autora.

PUBLICADO CON LA COLABORACIÓN
DE LA CASA DE ANA FRANK

*¡Es maravilloso que nadie necesite esperar
ni un minuto para empezar a mejorar el mundo!*

ANA FRANK

Hay un día que nunca se olvida: aquel en que el mundo se transforma. Cuando cierras los ojos, la luz se convierte en oscuridad, la noche es interminable, las bestias caminan libres por las calles, las estrellas caen del cielo. Eras joven y, un segundo después, habías envejecido. Vivías años en minutos, décadas en semanas.

Querías viajar, querías crecer, querías ser hermosa, querías enamorarte. Querías tantas cosas que tu corazón se rompió por la mitad, pero medio corazón es mejor que ninguno, y el tuyo es más fuerte de lo que nadie podía imaginar.

Lo recuerdas todo.

Ves las hojas de los olmos que reverdecen en la orilla de los canales tras las nieves de primavera. Desde las ramas, se eleva el canto de los pájaros, y las campanas sobre las puertas de las librerías siguen repicando. Hay una garza real posada en un balcón, un ave que indica buena suerte. Llevas dos jerséis y una chaqueta, aunque hace calor. Cuando ves polillas negras brotando de lo más profundo de la tierra, apenas puedes respirar. En este instante te das cuenta de que, tal vez, no siempre te acompañen tus seres queridos. Algo está sucediendo a tu alrededor.

Entonces comprendes que la historia puede cambiar.

PRIMERA PARTE

Hermanita
Ámsterdam, mayo de 1940

Había una vez dos hermanas. Una era hermosa y educada; la otra veía el futuro y se adentraba en él. Una hermana plantaba un rosal, mientras que la otra observaba que cada flor blanca se volvía roja. Una hacía lo que le pedían; la otra escribía todo lo que veía.

Cuando lo escribes, nadie puede decir que nunca sucedió.

CAPÍTULO UNO

El día antes de que todo cambiara, volvían andando a casa por el barrio del río, en Ámsterdam. Las hermanas se llevaban tres años; con catorce y casi once, eran opuestas prácticamente en todo. Margot, la mayor, era muy guapa, aunque parecía no ser consciente de ello. Ana, la menor, siempre había envidiado a su hermana, pues, si no la conocías, podía considerarse normal y corriente. Tenía ojos castaños y cabello oscuro; era curiosa, hacía reír a la gente, hablaba sin parar y entretenía a sus compañeros, incluso durante las clases. De todos modos, algunas personas la consideraban terca y obstinada. La mayoría no tenía ni idea de quién era ella en realidad.

A veces, las hermanas se encontraban después de clase para volver juntas a casa. Margot se desviaba para ir a buscar a Ana, y luego caminaba junto a la bicicleta. Tardaban solo diez minutos a paso rápido, algo que rara vez hacían, ya que el tiempo era fabuloso, y ese día se demoraron más que de costumbre.

El mundo parecía perfecto; el brillante sol se colaba por entre las ramas de los árboles. ¿Para qué darse prisa en llegar, si les aguardaban las tareas de siempre? Eran adolescentes, estaban enamoradas de la vida, tenían un futuro maravilloso por delante. Era mayo, su época favorita, la temporada en que los pájaros regresaban a anidar en los árboles de los márgenes del río y los canales. Solo las urracas permanecían allí todo el año y lograban sobrevivir al gélido invierno, pero en esa estación los cielos se llenaban de aves migratorias que regresaban de España y Marruecos.

—Vamos a Oase —sugirió Ana.

Era su heladería favorita y, si pudiera, iría todos los días.

—Sabes que no podemos —respondió Margot; como siempre, la voz de la razón.

—¿No podemos o no queremos? —Ana esbozó una amplia sonrisa. «Rompamos las reglas», solía insistirle a su hermana mayor. «Corramos riesgos»—. De todas formas, llegaremos tarde, así que podríamos ir —sugirió con tranquilidad.

Para volver a su hogar, pasaban por la heladería. Entrar por la puerta de casa implicaba comenzar la tarea, poner la mesa y escuchar las preguntas y críticas de su madre acerca de cómo habían pasado el día. A Ana le encantaba caminar por las calles de su concurrido barrio hasta Merwedeplein, la plaza en la que vivían, cerca del río Ámstel. El distrito estaba lleno de bicicletas y coches, y las hermanas siempre buscaban al florista, que tenía un carro tirado por un enorme perro.

—Llevémonoslo a casa —propuso Ana al ver al perrazo blanco, que empujaba resuelto de la carreta cargada de tulipanes procedentes de la campiña.

Margot se echó a reír.

—¡Ocuparía toda la casa!

—¿Y qué? —respondió Ana—. Con él, todo sería más interesante.

—¿Y cómo crees que reaccionaría mamá? Si se sienta en un sillón, lo echará a la calle.

Las muchachas se echaron a reír al imaginarse a su madre intentando dominar al gigantesco perro. Edith Frank insistía en mantener la casa ordenada y limpia en todo momento, y jamás iba a permitir que hubiera pelo y huellas perrunas llenas de barro. El apartamento que ocupaban estaba en un edificio nuevo, en un agradable barrio con numerosos residentes judíos que habían huido del régimen nazi en Alemania. Había docenas de bloques de apartamentos en el vecindario, entre ellos el edificio residencial más alto de Ámsterdam, llamado Rascacielos. Tenía tantos pisos que los niños que vivían cerca decían que la última planta tocaba el cielo. La gente aseguraba que los que vivían en las viviendas más altas podían ver todas las estrellas. Por la noche, cuando las hermanas Frank se sentaban en la escalinata del edificio, distinguían las luces parpadeantes de las habitaciones, que parecían flotar sobre los árboles más altos.

—Si pasamos por Oase, quizá alguien nos invite a un helado —sugirió Ana.

Aunque no llevaban dinero, a menudo había chicos dispuestos a pagar helados a las chicas. Ana era joven, algunos dirían que demasiado para estar pensando en muchachos, pero le gustaba coquetear. Además, ¿qué tenía de malo?

—No debemos aceptar regalos de desconocidos —reprendió Margot a su hermanita.

No sabía de dónde sacaba Ana su descaro; en ocasiones le gustaría ser un poco más valiente. No recordaba haber incumplido una regla jamás.

—El helado no es un regalo —insistió Ana—, es una necesidad. Además, no hay nada de malo en tener amigos.

—Ana. —Hasta a Margot, que se llevaba bien con todo el mundo, a veces le fastidiaba la insistencia de su hermana—. Hoy no.

—¡Está bien! —replicó Ana, caminando delante de Margot.

No eran amigas, solo familia. Ana estaba segura de que nunca habría elegido una amiga como Margot. Tenían tan poco en común...

—No intentes alcanzarme, ¡ni te molestes! —gritó Ana por encima del hombro mientras salía corriendo—. Algún día desearás haberme hecho caso y haberte divertido más.

* * *

Margot hacía lo posible por vigilar a su hermana, pero Ana tenía voluntad propia. Era perspicaz y se interesaba por temas que no se suponía que debía conocer a su edad. Cuanto más sabía, más la asombraba el funcionamiento del mundo. ¿Por qué los hombres gozaban de más libertad que las mujeres? ¿Por qué la gente se enamoraba? ¿Cómo ocurría, y cuándo iba a sucederle a ella? ¿Por qué su familia había abandonado su casa en Alemania? ¿Por qué había tanto odio en el mundo?

Margot era una alumna excelente: aplicada, bondadosa y atlética, y un miembro muy querido del equipo de remo. Estaba matriculada en un centro de secundaria que aceptaba a alumnos de todas las religiones; había solo cinco chicas judías en una clase de treinta o más. Ana, cuyo nombre completo era Annelies Marie Frank, asistía a una escuela Montessori en Niersstraat, un lugar maravilloso donde los alumnos podían escribir y pintar a gusto. En ese colegio, el método de enseñanza estimulaba la expresión de los niños. Los padres de las muchachas sabían que su hija menor necesitaba libertad para ser ella misma; no podía quedarse sentada mucho tiempo, y solo prestaba atención a temas que le interesaban. Era probable que no le fuera bien en la escuela a la que iba Margot. La de Ana parecía un lugar encantado para quienes tenían mucha imaginación. En el patio había un castaño inmenso, y algunos creían que, si tocabas la corteza del árbol, tu deseo se cumplía, pero solo si cerrabas los ojos y tenías fe. Ana era creyente, y le encantaban los cuentos de hadas y los mitos. Estaba segura de que las mujeres podían forjar su camino, sin importar lo oscuros y profundos que fueran los bosques.

«Quiero ser la persona que deseo —susurraba Ana al apoyar la palma en el árbol del patio—. Deseo ser yo misma».

Las hermanas vivían en Ámsterdam desde que Ana tenía cuatro años, cuando la familia huyó de Alemania. Los Países Bajos aún permitían el ingreso de judíos cuando otros países, entre ellos Estados Unidos, habían establecido cupos que excluían a los refugiados, aunque sus condiciones en Alemania empeoraban a medida que la persecución nazi era cada vez más despiadada. En los siglos xv y xvi, los Países Bajos habían sido refugio para los judíos que huían de las inquisiciones de España y Portugal. Era un lugar donde reinaba la igualdad; en 1796 gran parte de la población judía recibió derechos civiles plenos y pudo vivir con libertad en una ciudad tan misteriosa como práctica, un mundo hecho de hielo en invierno y de tulipanes en primavera. Por aquel entonces la ciudad se inundaba con la marea alta; se había construido sobre los pantanos, y la gente usaba zuecos de madera para caminar por el barro mientras atendía sus campos. En ese momento Ámsterdam estaba rodeada por ciento sesenta y cinco canales e infinidad de puentes construidos sobre los ríos, ya que la marisma había sido drenada cientos de años atrás por los acaudalados comerciantes, que construyeron altas y elegantes casas sobre los canales, con gabletes dignos de cuentos de hadas. Los transeúntes podían imaginar que se habían internado en un relato en que las personas buenas recibían recompensas y las malas quedaban encerradas en las torres, y las llaves eran arrojadas a las oscuras aguas de los canales.

A Ana le gustaba detenerse a contemplar los canales. A veces pensaba que era capaz de ver lo que otras personas no podían. Allí, en el agua quieta, imaginaba fragmentos del pasado de la ciudad: ladrillos de casas derruidas, un collar perdido por una aristócrata, un pececillo de plata nadando durante cien años…

—Eres una soñadora —le decía Margot a su hermana, ya que lo único que ella veía cuando miraba los canales era agua sucia y patos nadando. Observaba los barcos que hacían entregas y algún que otro cisne blanco, demasiado orgulloso y presumido como para que se dignase a mirarla.

Cuando Margot hacía estos comentarios, Ana sabía que, aunque fueran hermanas, veían el mundo de manera completamente opuesta. El «aquí y ahora» y «lo que podría ser». Qué aburrido era carecer de imaginación, ver solo lo que tienes delante. Recordó el cuento *Blancanieves y Rojaflor*, en el que también había dos hermanas que eran muy diferentes, como ella y Margot.

A veces Ana pensaba que sus palabras favoritas eran «Hace mucho tiempo…», aunque su madre siempre le decía que espabilara y prestara más atención a la escuela y sus tareas del hogar, y que no estuviera siempre leyendo libros. Sin embargo, el padre de las chicas, Otto Frank, al que llamaban Pim, era un gran lector: ¿y qué tenía de malo? Era el único que comprendía a Ana, aunque su progenitora no la entendiera.

«Los sueños son el comienzo —le decía siempre a su hija menor—. Son las historias que nos contamos».

***

En la escuela Montessori, la mejor amiga de Ana era Hannah Goslar, a la que llamaban Hanneli, a veces Hanna. Las dos niñas habían vivido sus primeros años en Alemania y solían cuchichear en un idioma que no entendían en su clase. Pasaban mucho tiempo juntas, ya que Hanneli vivía cerca de ella, en el barrio del río. Pronto incluyeron a otra chica en su círculo, Susanne, a la que llamaban Sanna. Ana, Hanna y Sanna. Creían que el destino había dictado que fueran mejores amigas y que sus nombres rimaran, y jamás dejarían de serlo, lo habían decidido. Se pasaban horas hablando del futuro que tenían por delante y de lo que harían.

—Iremos a América —decía Ana.

Ese era su sueño, un cuento que se contaba cada noche: «Hace mucho tiempo vivíamos en Ámsterdam, hasta que nos fuimos y cruzamos el océano».

—Y viviremos en la misma casa —agregaba Hanneli.

—Pero ¿quién pagará todo eso? —Sanna era realista, y siempre quería conocer los detalles.

—Quienquiera que se enamore de nosotras —sugería Hanneli.

—No. —Ana sacudía la cabeza—. Yo lo pagaré —anunciaba—. Para entonces ya seré famosa.

Todas sonreían, ya que, si Ana estaba convencida, todas lo creían. Ella siempre se hacía cargo de las cosas, y sus amigas íntimas entendían por qué: Ana siempre había pensado que sería alguien especial, pero, cada vez que sus amigas se iban a casa, se sentía demasiado sola, como si todo pudiera ocurrir.

Quizá no fuese especial, tal vez se encontraría sola en la oscuridad, sin nadie que la comprendiera. Margot era quien parecía ser —risueña, inteligente y educada—, mientras que Ana mantenía oculto su verdadero yo, incluso de sus amigas más cercanas. Era una chica alegre, siempre divertida, pero más inteligente de lo que nadie imaginaba, algo que guardaba en secreto. Era mejor que la gente creyera que era solo la que aparentaba ser, la chica dramática a la que le gustaba actuar en obras de teatro, la charlatana que solía meterse en líos en la escuela. Siempre leía y pensaba, pero se quedaba contemplando las nubes del otro lado de la ventana cuando debería estar escuchando a sus maestros o a sus padres. A menudo, su madre la miraba con desaprobación cuando hablaba demasiado o se comportaba como si conociera la respuesta a la mayoría de las preguntas, aunque Edith también era una gran conversadora. Sin embargo, la querida abuela de las muchachas, Rosa Holländer, a la que llamaban Oma, entendía a Ana.

«Si quieres conocerla —sugirió Oma a su hija—, mira más allá. Busca en su interior».

***

La abuela de las chicas dormía en lo que había sido el comedor, pero se había incluido una cama para Oma; era necesario, pues el dormitorio del piso superior estaba ocupado por un inquilino que ayudaba a pagar el alquiler. Oma estaba muy débil desde que había llegado de Alemania, hacía poco más de un año. Lo había perdido todo: su hogar, sus pertenencias, incluso las rosas que crecían en su jardín; el Gobierno se lo había quitado todo. En 1933, Adolf Hitler y su partido nazi asumieron el poder tras el fracaso de Alemania durante la Primera Guerra Mundial, a menudo denominada la Gran Guerra. Otto y Edith presintieron que las condiciones de los judíos iban a empeorar bajo su régimen: no tardaron en promulgarse leyes raciales en Alemania, y los judíos dejaron de considerarse ciudadanos, aunque hubiesen vivido allí toda la vida o hubiesen combatido en la Gran Guerra para proteger a su país; ya fuesen médicos, maestros o escritores famosos. En 1940, no se permitía a los judíos alemanes entrar en los parques, las escuelas públicas o los mercados. El odio se había legalizado: estaba por todas partes.

En 1933, Otto Frank viajó el primero a los Países Bajos; un año después lo siguieron Edith, Margot y Ana. La familia partió mucho antes del caos del 9 y el 10 de noviembre de 1938, después conocido como *Kristallnacht*, o Noche de los Cristales Rotos, porque las calles de Alemania y Austria se llenaron de fragmentos de vidrio tras el más violento ataque público de los nazis a los judíos. Grupos de tropas de asalto y las Juventudes Hitlerianas se lanzaron a las calles sedientos de sangre, apaleando y asesinando judíos. Destruyeron miles de tiendas y casas judías, incendiaron mil cuatrocientas sinagogas y arrancaron a los judíos de sus hogares por el hecho de ser judíos; dejaron a hombres asesinados en las calles mientras las mujeres y los niños lloraban. Sus gritos resonaban y podían oírse desde el campo.

Más de treinta mil hombres judíos fueron detenidos la noche de *Kristallnacht*. Luego los arrestaron y los llevaron a campos de concentración; incluso el tío de Ana, Walter, fue arrestado, aunque más tarde lo liberaron. La gente huía como si fueran pájaros, pues pronto se construyeron más campos, y todo judío que no huyera quedaría atrapado en una jaula sin llave. Los llamaban «campos de trabajo», y se decía que, los que iban, volvían a casa cuando terminaban su labor. Sin embargo, con el tiempo, los judíos de Alemania se dieron cuenta de que, los que iban, no volvían jamás.

Todos los que no huyeron rápidamente descubrieron que ya era demasiado tarde. El cielo era vasto, pero el mundo en que habitaban era pequeño y, muy pronto, no hubo lugar al que escapar; hasta el firmamento se surcó de redes. Los países cerraron sus fronteras y se negaron a dejar entrar a los refugiados judíos; barcos cargados de personas fueron rechazados en las costas de países libres, y muchas de ellas no sobrevivieron. La familia de Ana se sentía agradecida por haber llegado a los Países Bajos, un estado neutral que no había tomado partido en cuestiones internacionales. El padre de las niñas estaba seguro de que allí estarían a salvo. Por eso la madre de Edith Frank, Oma, fue a vivir con ellos en marzo de 1939.

Se establecieron en Ámsterdam. Sin embargo, Oma soñaba con cristales rotos: en sueños, oía vidrios haciéndose añicos; a veces pasaba la noche sentada en una silla junto a la ventana para vigilar, aunque ya no se encontraban en Alemania. La abuela oía que algo se estaba derrumbando; escuchaba lo que el futuro podía depararles.

Un día Ana observó que Oma miraba por la ventana en mitad de la noche, así que fue a sentarse a sus pies.

—Me ha parecido oír disturbios fuera —musitó con voz queda.

Ana había oído hablar de *Kristallnacht*, y a veces también ella soñaba con eso. En sus sueños, veía a la gente corriendo por una calle oscura: a unos hombres los arrastraban bajo la tierra, y las mujeres se convertían en pájaros para huir volando. A las familias que estaban en su casa las arrastraron a la calle. Las personas que se habían escondido en patios o edificios de oficinas eran arrestadas y arrojadas a un suelo repleto de vidrios. Oma le había advertido que lo peor sucedía cuando menos lo esperabas; sobrevenía como una lluvia torrencial, cuando tenías los ojos cerrados y estabas demasiado ocupada pensando en otras cosas. Un día cualquiera, cuando hacía buen tiempo: en ese instante ocurría, y el mundo entero cambiaba.

—La gente buena no puede entender el mal. Ni siquiera lo reconoce —comentó Oma a su nieta—. Eso fue lo que sucedió en Alemania.

Había habido pequeños disturbios en Ámsterdam, incluso cerca de su casa, pero Ana y Margot no se habían enterado.

—Aquí todo va bien —tranquilizó Ana a su abuela—. Quizá oíste a los conejos.

Era la época del año en que los gazapos hacían sus madrigueras bajo los setos durante el día, pero a menudo salían por la noche, cuando la ajardinada plaza estaba desierta.

Oma sacudió la cabeza.

—Eso no fue lo que oí.

Los ojos de Ana brillaron. Entendía cosas que, según la opinión de los adultos, era demasiado joven para comprender. Sabía que su abuela temía que lo que estaba ocurriendo en Alemania pudiese suceder también allí.

—Oíste el pasado —musitó Ana.

Su abuela se inclinó y le acarició el pelo; siempre había sentido un cariño especial por su nieta menor. Aunque algunas personas creían que Ana era demasiado presuntuosa, Oma sabía que tenía una profunda sensibilidad, que poseía un corazón enorme y compasivo y que era fácil herirla. Sin embargo, Ana no mostraba su dolor a nadie, en especial a su madre, a la que parecía que nunca podría complacer. A veces, cuando estaba delante de Edith, se retiraba a su mundo.

—Despierta —le decía su madre—. No estamos aquí para soñar.

«Yo sí —susurraba Ana—. Yo puedo soñar todo lo que quiera».

Lo cierto era que a veces la niña se olvidaba de sus tareas, y que la vida cotidiana no siempre le interesaba. Daba rienda suelta a su imaginación mientras leía novelas bajo la tenue luz del dormitorio que compartía con Margot, tan concentrada que se olvidaba del mundo. Su madre llamaba la puerta a altas horas de la noche para que Ana apagara la luz, pero, incluso después de hacer lo que le pedían, a menudo no podía dormir. Desde la ventana contemplaba las estrellas: parecían estar tan cerca que a veces sentía que podía alargar la mano y tocarlas.

Esa noche, después de escuchar a su abuela en el salón, supo lo que significaba sentirse sola, aunque la casa estuviera llena de gente. Supo que podía estar muy sola mientras los demás dormían, cuando la atormentaban sus sueños.

—Sueña con los conejos —le aconsejó a su abuela esa noche.

—Prefiero soñar contigo —respondió Oma.

Aceptó volver a la cama si Ana hacía lo mismo.

—Soñemos con el futuro —sugirió la nieta.

—De acuerdo —aceptó Oma. Se sentía mejor al hablar con Ana. ¡Qué suerte tener una nieta que albergaba tantas esperanzas!—. Hagamos eso.

—Iremos a California —dijo Ana—. A una casa grande junto al mar.

—¿De verdad? —Oma se echó a reír, encantada.

—Te llevaré conmigo —le aseguró a su abuela.

—Cuando quieras —respondió Oma mientras le daba un beso de buenas noches.

El amor que sentía por su nieta era muy fuerte.

Cuando Ana regresó a su habitación, Margot estaba soñando; su respiración era suave y leve, y tenía el rostro vuelto hacia la pared. Se deslizó bajo la manta y cerró los ojos. Era tarde, pasada la medianoche, pero eso no significaba que fuera a dormir, al igual que tampoco lo hacía Oma en el comedor.

***

A Ana le encantaba subir a la azotea cuando sus amigas iban a visitarla, allí gozaban de privacidad. Les parecía que podían estar en cualquier parte del mundo en cuanto llevaban sus sillas y se tumbaban a leer en las tardes soleadas.

—Quizá deberías escribir un libro sobre nosotras —le sugirió Hanneli.

—Tal vez —respondió Ana.

No quería comprometerse; por el momento, lo que más le interesaba eran las historias que le narraba su padre sobre muchachas que salvaban a sus familias y a sí mismas.

Para creer en ti, lo único que necesitabas era saber que alguien te amaba de verdad, a tu yo más profundo y real, tal como eras. Aunque Ana sentía que nadie la conocía, sabía que la amaban. Tenía a su Oma, y era la favorita de su padre. De eso estaba segura, aunque él nunca lo dijera e hiciera lo posible por no demostrarlo. Su padre y ella eran como dos gotas de agua. Pim se reía de las bromas de Ana y apreciaba el hecho de que quisiera más de la vida. Era tranquilo y racional pero apasionado, en especial cuando se trataba de literatura. Era un lector voraz y estaba orgulloso de que Ana también lo fuera, aunque eso significara quedarse despierta hasta tarde y romper las reglas. Pim ejercía una enorme influencia en su hija, en especial por lo que se refería a la lectura; siempre decía que nunca era una pérdida de tiempo.

En Alemania, el padre de Pim había llegado a ser un banquero muy rico antes de que se responsabilizara a los judíos del fracaso financiero del país, tras la derrota en la Primera Guerra Mundial. Todas sus posesiones se perdieron durante el conflicto, y se quedaron sin nada.

Los Frank nunca habían sido una familia religiosa, y se consideraban alemanes. Sin embargo, no pasó mucho tiempo antes de que, como a todos los judíos, se les considerara ciudadanos de segunda. Cuando tuvieron que huir, Pim fundó un negocio de mermeladas y especias en Ámsterdam a través de una empresa alemana: alquiló una oficina y contrató a un socio,

Johannes Kleiman, y a un empleado, Victor Kugler. También se trajo a una joven austríaca llamada Miep Santrouschitz, que se convirtió en su fiel asistente y era considerada un miembro más de la familia. Además, contrataron a una joven secretaria de dieciocho años, Elisabeth Voskuyl, conocida como Bep, fiel a la empresa. Pim inspiraba lealtad en los demás y era honesto con ellos. Era un hombre honrado y muy trabajador, y había renunciado a sus sueños por el bien de la familia. De joven había trabajado en Nueva York con su amigo Nathan Straus Jr., cuya familia era dueña de los grandes almacenes Macy's, en Herald Square, Manhattan. Durante un verano, fueron juntos a la Universidad de Heidelberg, y Otto se convirtió en el mejor amigo de Nathan, al que llamaba Charley. Pim podría haberse quedado en Nueva York, ya que le encantaba esa salvaje y bulliciosa ciudad, pero, cuando su padre falleció, regresó para estar con su familia y ayudarla económicamente.

Nathan Straus Jr. era un hombre rico e importante, muy vinculado con el Gobierno de Estados Unidos. Había sido miembro del senado por el Estado de Nueva York, y el presidente Franklin D. Roosevelt lo nombró jefe del Departamento de Vivienda de Estados Unidos. Straus también era amigo de la primera dama, Eleanor Roosevelt, una firme creyente en la justicia social que, desde el principio del régimen nazi, pidió ayuda para los refugiados judíos. Ya en 1939, Eleanor Roosevelt intentó persuadir al Gobierno de aprobar un proyecto de ley que habría permitido el ingreso a Estados Unidos de veinte mil niños alemanes judíos refugiados. Sin embargo, ese proyecto fue ignorado y nunca se votó, así que los niños no pudieron entrar en el país. Poco después, la mayoría de ellos fueron llevados a los campos de exterminio, donde murieron asesinados. Bajo el régimen nazi, la edad no tenía valor alguno, como tampoco la humanidad ni el amor.

Si Otto Frank se hubiera quedado en Nueva York, si no hubiese temido decepcionar a su madre y hubiera hecho lo que quería, podría haber tenido una vida totalmente distinta de la que vivía en Ámsterdam. A veces pensaba en ello; cada vez más, todo el tiempo. En ese instante podría estar en Manhattan y, si hubiese tenido hijas, hubieran paseado por la Quinta Avenida cada domingo, mirado escaparates, ido al cine, corrido por Central Park. Pim sabía lo que pasaba cuando obedecías: a menudo perdías lo mejor de ti. La gente decía que su hija Ana debía comportarse, no hablar tanto, no tener grandes sueños ni estar tan segura de lo que quería, pero Otto no siempre estaba de acuerdo. Ana era especial, punto. Para bien o para mal, no era como las demás niñas. Contaba con unas cualidades buenas y otras que molestaban a la gente, pero sin duda tenía sueños que eran solo suyos.

«Cuídate de no salir volando», solía bromear Pim con Ana cuando esta soñaba despierta, y su hija sonreía porque eso era justo lo que pensaba hacer algún día.

**

Aquella hermosa tarde de mayo en que las hermanas se encontraron y volvieron a casa desde la escuela, el día antes de que todo cambiara, Ana contempló a las urracas posadas en las ramas de los plátanos. Las aves habían soportado el frío invierno de Ámsterdam y anidado en los troncos más altos. Las gayas la observaban con ojos que parecían gemas, y aunque por lo general eran ruidosas, ese día de mayo se mostraban silenciosas. Las urracas pertenecían a la familia de los cuervos, y eran tan inteligentes y curiosas que había quien decía que eran ladronas: hurtaban ropa de los tendederos, anillos de los dedos de la gente, flores de los jardines vallados y uvas y peras de los carros tirados por caballos. Quizá por eso Ana las admiraba tanto: las urracas tomaban lo que querían y hacían lo que se les antojaba; iban adonde deseaban y no huían cuando llegaba el invierno, como hacían las otras aves. Se quedaban allí, aun con hielo y nieve, nada las alejaba de Ámsterdam.

Ana saludó a los pájaros con la mano y silbó una melodía.

—¡Hola! —gritó—. ¿Podéis enseñarme a volar?

—¿Crees que te entienden? —preguntó Margot con una sonrisa.

No sabía de dónde sacaba Ana esas ideas… De los libros, imaginaba, de las historias mágicas que le narraba Pim en las que todo podía suceder.

—Por supuesto que me entienden —replicó Ana.

Había leído que las urracas reconocían las caras y que podían distinguir a las personas. Había una que a menudo la seguía a casa desde la escuela, y a veces la niña creía que se quedaba a esperarla hasta que terminaban las clases y ella salía corriendo a la calle. En ese momento, la señaló.

—Esa me conoce.

—Ana, eso es muy poco probable —susurró Margot, como si hablara con alguien que no entendiera nada del mundo—. Esas cosas no suceden.

A veces Ana sentía lástima por su hermana. Se preguntaba cómo sería ser tan buena e incondicional, creer todo lo que te decían y no tener imaginación. Margot ni siquiera se percataba de que la mayoría de los chicos que pasaban se la quedaban mirando, pero Ana sí, y comprendía el porqué: Margot tenía una belleza natural, y los hombres se sentían de inmediato atraídos por ella. Por lo general, ignoraban a Ana, aunque desde hacía poco se daba cuenta de que, en cuanto ella empezaba a hablar, los muchachos se le acercaban, encantados y deseosos de oír lo que tuviera que decir, que era mucho. Cuando eso sucedía, Ana sabía que valía la pena hablar con ella, aunque aún no tuviera once años ni fuera tan bonita como Margot. En cuanto empezaba a hablar, su luz interior comenzaba a brillar, y en ese momento las demás chicas dejaban de parecerle interesantes. Era un don, le había dicho su Oma, una especie de magia. Ser bonita no lo era todo, pero sí sentir que tenías algún valor.

Las hermanas se desviaron para pasar por la librería Blankevoort, uno de sus lugares favoritos, que quedaba a la vuelta de casa.

—Tenemos que parar aquí —dijo Ana—. ¡Solo unos minutos!

—Aquí tampoco. —Margot rio—. ¡Llegamos tarde!

Aun así, entraron un momento para mirar los estantes. Ana deseaba vivir en una librería y tener la posibilidad de leer durante toda la noche. Todas las de Ámsterdam parecían tener un gato negro, y en casi todas las puertas había una campana que sonaba al entrar. Ana y Pim solían visitarlas en busca de volúmenes antiguos. Les gustaba rebuscar en los puestos instalados en el exterior del mercado de libros, donde se amontonaban sobre estantes desvencijados sin orden ni concierto, de manera que los cuentos de hadas se mezclaban con los libros de poesía, historia y novelas, y cada ejemplar encerraba una sorpresa.

Siempre que salían juntos, Pim le contaba a Ana sus historias favoritas, antiguos cuentos de hadas alemanes, junto con leyendas de mitología griega y romana, asignatura que había estudiado cuando iba a la universidad en Heidelberg. A veces le explicaba cuentos que él se inventaba; esos eran los favoritos de Ana. Sus historias preferidas iban sobre muchachas encerradas que encontraban la forma de escapar, saltaban de altas torres, trepaban por espinosas enredaderas y corrían a través de bosques cubiertos de musgo para cobijarse entre los árboles.

—Podríamos llegar un poquito tarde —le sugirió Ana a su hermana mientras seguían caminando.

Era una de esas chicas, como las de las historias, con anhelos de libertad. ¡Cómo le gustaría entrar en la librería sin tener que estar consultando el reloj, y luego parar en un café y pedir una limonada y un bollo cubierto con crema de queso y chocolate! ¿Qué importancia tenían diez minutos, incluso media hora? A nadie le molestaría, pero para ella sería un mundo tener una vida en la que pudiera hacer lo que se le antojara.

—Hoy no —insistió Margot. Cuando Ana suspiró, su hermana añadió—: Es más fácil si haces lo que te piden.

—Seguro que sí. Al menos para ti.

Ana hizo una mueca y se rieron. Era lo bueno de tener una hermana: podías odiarla y amarla al mismo tiempo. Podías decirle cosas que no le contarías a nadie o caminar las dos en silencio. Podías pelearte y decir cosas espantosas, y luego olvidarte de todo. Podías salir corriendo cuando ella menos se lo esperase y saber que ella te seguiría.

Corrieron en una carrera enloquecida hasta pasados los árboles ondulantes, para no llegar tarde y ayudar a preparar la cena. Mientras las chicas se acercaban a casa, Margot vio el edificio de lejos, tras el parque verde bordeado de setos y parterres de flores. A diferencia de su hermana, Ana no solo veía lo que había, sino también lo que podía haber. Estaba junto a Margot cuando doblaron la esquina, pero ella ya tenía un pie en el futuro y estaba lista para saltar hacia la vida que deseaba, muy lejos de allí. Era una urraca, una escapista, y no pensaba quedarse para vivir la vida que, según otros, debía vivir. Todas las chicas tenían sueños; sin duda, Ana tenía los suyos y los mantenía en secreto, no solo de Margot, sino también de sus amigas más íntimas. Podía parecer una chica normal, como cualquier otra que pasara por la calle, pero ella sabía que era algo más.

Solo estaba esperando descubrir qué era eso.

CAPÍTULO DOS

En los cuentos de hadas, cada historia constaba de dos partes: el interior y el exterior. El exterior era verde y brillante, como en ese momento, mientras caminaban de la escuela a casa, tratando de no llegar tarde el día anterior a que algo impensable estuviera a punto de suceder, algo que jamás hubiesen esperado mientras hablaban sobre helados y libros. El interior de la historia era la piedra que nadie podía ver, oculta en el centro, como el hueso de una fruta, tan afilado que podía cortarte si lo tocabas.

Era el día de mañana, y el día posterior, y los años que pronto llegarían. Ana tenía fe en el futuro. A menudo imaginaba que iría a California. Viajaría por la carretera de la costa del Pacífico, viviría en Hollywood y sería actriz. Pero ese día que llegaban tarde le pareció ver una sombra que las seguía. De pie bajo el sol moteado que se colaba entre las hojas de los árboles como un encaje, Ana sintió un repentino escalofrío. Alzó la mirada hacia el Rascacielos, donde las ventanas reflejaban la luz brillante, y se preguntó si el tiempo cambiaría, aunque el invierno ya había pasado y ese era el mes más bonito del año.

Allí, en el exterior de su casa, había logrado ver el interior de la historia, la que sus padres no querían que conociera, el motivo por el que los cuentos de hadas advierten a los niños que tengan cuidado en todo momento. No puedes saber cuándo aparecerá el mal; ese era el interior de la historia, esperando para abrirse como una flor oscura. Ella solo podía ver su sombra con el rabillo del ojo, una enorme polilla negra. La miró solo un instante, el tiempo suficiente para tironear de la mano de su hermana y decirle «Date prisa». Luego corrieron tan rápido que parecía que volaban.

***

La familia vivía en el número 37 de la calle Merwedeplein. Las hermanas solían subir de dos en dos los escalones de la entrada para ver quién llegaba primera a la puerta y entrar corriendo. Pero esa vez se detuvieron en el umbral; oyeron voces fuertes en el interior. El apartamento tenía un cartel que pedía a las visitas que llamaran al timbre tres veces (3 × Bellen), pero, en lugar de eso, las chicas a veces solían dar tres ladridos, interpretando la palabra «bellen» por su significado en alemán, 'ladrar'. Sin embargo, aquel día Margot agarró a Ana del brazo para evitar que entrara.

—Démosles un minuto —susurró Margot. Desde que habían llegado a los Países Bajos, sus padres discutían con más frecuencia, y los ojos de la hermana mayor brillaban con empatía. Quería creer que todo iría bien—. Todos los matrimonios discuten, pero eso no significa que tengan problemas —dijo a Ana cuando vio su mirada preocupada.

En esa ocasión sus padres estaban discutiendo por Ana; sus maestros se habían quejado de ella. «Idealista». «Soñadora». «No presta atención». «Habla cuando debería estar callada». «Se pasa la clase charlando». Había estado hablando con sus amigas cuando debería haber estado prestando atención a las lecciones. Aunque a su maestra no le gustaba que Ana hiciera lo que se le antojara, solía alabarla por ser tan lista e independiente.

—Es especial —oyó Ana que le decía su padre a su madre, y eso hizo que lo quisiera aún más.

Pim era un hombre muy elegante y generoso, apuesto y educado, pero también de buen corazón. Veía a su hija menor como era, la niña que siempre cuestionaba, que tenía tanto que decir, la que deseaba irse volando y ver el mundo entero.

—¿Por qué siempre tiene que ser especial? —respondió la madre de Ana seria, comentario que provocó que las mejillas de Ana se sonrojaran por la vergüenza—. Que sea como las demás y haga bien sus tareas, y que no tenga la cabeza en las nubes. Si cree que es especial, se desilusionará.

Ana recordó que una vez había escuchado que la madre de su padre, Omi, le decía a una tía que el matrimonio de los padres de Ana era más un acuerdo comercial que una historia de amor. «El deber y la familia no bastan. Nunca deberías casarte con alguien a quien no amas». Ana había ido al jardín para agacharse bajo el seto de lilas. Allí había escondido tres huevos de pato azules: uno para el presente, uno para el pasado y otro para el futuro. La madre pata había desaparecido, y Ana se preguntaba si los huevos llegarían a eclosionar, y quizá por eso rompió a llorar.

Era la primera vez que se daba cuenta de que a los niños no les decían la verdad.

Desde ese momento, Ana vio a sus padres de otra manera, como un equipo, como dos personas que habían llegado a un acuerdo, y, aunque no siempre fueran felices, permanecerían juntos por el bien de la familia, las hijas y el hogar. No era la clase de matrimonio que Ana quería cuando fuera mayor. Esperaba un amor verdadero, quería ser especial, y aspiraba a que su madre también deseara eso para ella.

Cuando las hermanas entraron en el apartamento, los padres dejaron de discutir de inmediato. Margot y Ana se quitaron la chaqueta, se lavaron las manos y empezaron a poner la mesa.

—Por fin habéis llegado —dijo la madre, tomando nota del retraso antes de volver a la cocina.

Ana se tragó las palabras que tenía dentro y no pronunció: «¿No puedes ser más amable con él?», «¿No puedes quererme tal como soy?», «Si me perdieras, ¿llorarías hasta inundar el mundo, hasta que los campos se convirtieran en hielo?», «¿Me seguirías hasta los confines de la tierra, sin importar a qué precio?».

Su abuela ya estaba sentada a la mesa. Oma se acercó a Ana y la abrazó con fuerza, como si quisiera protegerla de todos los problemas del mundo.

—Siempre serás especial para mí —musitó Oma.

Había zanahorias en el fuego y fideos enfriándose en un colador dentro del fregadero. Oma siempre se las arreglaba para preparar una comida deliciosa, sin importar los ingredientes. Para la cena de esa noche había una sencilla comida llamada *kugel*, uno de sus platos favoritos, pero lo mejor de todo era que su padre había comprado un postre delicioso para después de cenar, *bolus*, bollos dulces daneses con sabor a canela y rellenos de pasas y cáscaras de cítricos confitadas, una receta heredada de los judíos españoles que huyeron de la Inquisición.

Cuando Ana fue a buscar los vasos para la limonada, se detuvo en el salón y miró por la ventana. Vio a la urraca entre los árboles; la había seguido hasta casa, estaba segura. Esas aves podían diferenciar a las personas, y ahora ella podía distinguir a una urraca de otra. Esa era la suya. Saludó al pájaro, y este inclinó la cabeza. Él la conocía, quizá mejor que su familia. Iba a dejarle migas de pan, y quizá el pájaro construyera un nido cerca. El futuro estaba allí, justo delante. A lo mejor podría salir volando como las aves y tener la vida que quería. Lo único que debía hacer era crecer, y entonces podría hacer lo que quisiera.

—¿Cómo está mi niña bonita? —preguntó Oma cuando terminaron de cenar. Siempre comían en la mesa del comedor, que habían alejado de su cama. A pesar de que la abuela lo perdió todo cuando se fue de Alemania, seguía contando con su familia, y eso era lo único que importaba, decía siempre.

—Me gustaría actuar en una obra de teatro —le comunicó Ana a su abuela con una amplia sonrisa en el rostro.

Algo en su interior se encendía cuando charlaba con alguien que la entendía. Le gustaba hablar de sí misma, y sabía que molestaba a algunas personas, las mismas que querían que se comportara y fuera una chica tranquila y dulce, no alguien con ambiciones. Quería representar el papel de Ester, la reina de la Biblia que había salvado a su pueblo. Cuando cerraba los ojos, podía verse en una tierra antigua en la que crecían olivos. Se imaginaba caminando por las orillas del río Éufrates, donde el agua era tan azul como el cielo.

—Supongo que serás la protagonista —quiso saber Oma.

—Por supuesto.

Ana esbozó una amplia sonrisa. Sabía que algunas de sus compañeras de clase pensaban que era demasiado engreída y sincera en sus comentarios, pero su abuela la entendía. Se sonrieron, pero solo durante un momento, porque Edith se había acercado y a ella le gustaba que la conversación fuera seria y que todos hablaran de los acontecimientos del día.

—¿Qué ha pasado en la escuela? —preguntó a Ana.

—Ha sido un día como cualquier otro —respondió su hija.

Sabía que cualquier respuesta que le diera la disgustaría. De todos modos, su madre no se habría interesado por la obra de teatro. «Tu trabajo en el colegio es lo más importante», decía siempre, aunque se daba cuenta de que Ana no escuchaba las reglas que le imponía, y que probablemente nunca lo haría. Estaba demasiado ocupada soñando para oír algo de lo que Edith le dijera.

***

Antes de irse a dormir, Margot ayudó a Ana a escribir a su amiga por correspondencia Juanita, que vivía en Estados Unidos. Juanita era la hermana menor de la amiga por correspondencia de Margot. Los tíos de Ana se asentaron en Massachusetts; ojalá su familia hubiese hecho lo mismo, pero, cuando su padre solicitó los visados para ir a Estados Unidos, los pusieron en lista de espera. Tenían la esperanza de recibir buenas noticias, y Pim siempre decía que irían pronto. Ana escribió a su amiga, se desahogó con una desconocida a la que nunca había visto, pues las chicas que ella conocía a menudo no la entendían, ni siquiera Sanna o Hanneli. «Espero que me escribas», firmó Ana. Echaría la carta al correo esa semana, pero la respuesta nunca llegaría. Cuando ya era muy tarde y habían guardado el papel y la tinta, su madre fue a darles las buenas noches. Era estricta con Ana, y sabía que podía parecer dura. Quería protegerla, pero sus palabras, que esperaban ser consejos, a menudo sonaban como críticas hacia Ana. Tenía la intención de decirle a su hija: «Tengo miedo de que, si deseas demasiado, la vida te desilusione», pero, antes de hacerlo, Ana se incorporó para mirar a su madre. Era una niña sorprendentemente práctica, así que, si las palabras de su madre la hirieron, no lo demostró. Se había prometido no revelar nunca si la opinión de una persona sobre ella le hacía daño. Iba a ser ella sí o sí, como su Oma le había dicho que debía hacer.

—No debes preocuparte por mí —dijo a su madre. Si Edith solo pudiera preocuparse por una hija perfecta, era probable que se decantase por Margot—. Oma ya se preocupa lo suficiente —agregó Ana—, así que no tienes que hacerlo.

—Solo quiero que seas feliz —dijo a su hija. Edith Frank no solía hablar con tanta ternura. Siempre había pensado que era mejor ser fuerte y no mostrar sus emociones. Era la manera de protegerse para que no la lastimaran—. ¿Eres feliz? —musitó.

Estaba hablando en alemán, pero no se dio cuenta. Era el idioma que usaba cuando Ana era un bebé, cuando le cantaba todas las noches. Había un antiguo cuento popular que decía que el demonio Lilith robaba bebés, así que Edith ataba una cinta roja alrededor del tobillo de Ana para asegurarse de que no se la llevara. Quería muchísimo a sus hijas, tanto que temía demostrárselo para no tentar al destino.

Ana siguió mirando la pared. Solía responder de inmediato, pero tardó un momento en contestar. Con casi once años, no era feliz, pero lo sería de mayor, estaba segura.

—Lo seré —respondió con voz suave—. Seré tan feliz que no podrás creértelo.

Nadie la oyó, porque Edith ya había salido de la habitación y no escuchó las palabras de Ana. Le pareció que su madre había sido grosera e insensible al no esperar su respuesta, pero lo había hecho porque no quería que su hija viera lágrimas en sus ojos. Se había propuesto no llorar delante de ellas cuando temía lo que pudiera depararles el futuro. Las lágrimas no servían de nada. Realmente creía que Ana era especial, y sabía el dolor que eso podía provocarle. Era mejor ser normal y pasar desapercibida. Si lo hacías eso, si eras callada y prudente, con suerte lograrías superar las pruebas a las que te sometería la vida. Edith rezaba por que la mala suerte no los tocara, que no se asentara en el techo ni se colara por la ventana o llamara a la puerta. Tal vez no demostraba sus sentimientos como madre, pero los tenía. Sentía demasiado y, si alguna vez perdía a una de sus hijas, sus lágrimas inundarían el mundo. Lloraría tanto que los campos se convertirían en hielo. Si fuera necesario, iría hasta los confines de la tierra, al inframundo, a ese sitio oscuro del que pocos lograban regresar.

**

Las hermanas Frank soñaban en alemán, trasladándose al idioma de sus primeros recuerdos, cuando se escondían bajo los arbustos de lilas en casa de su otra abuela. Era la madre de su padre, Alice Frank-Stern, y la llamaban Omi para diferenciarla de su querida Oma, la que en ese momento vivía con ellas. Sus abuelas eran como el día y la noche. Oma era cariñosa y encantadora, mientras que Omi era elegante y exigente. «La familia lo es todo —solía decir la madre de Margot y Ana—. Te acompañará cuando todos los demás desaparezcan». Omi escapó de los nazis cuando huyó de Alemania rumbo a Basilea, Suiza. En ese instante, las hermanas apenas recordaban su casa, ni siquiera si tenía o no jardín. ¿Había glicinas o se habían imaginado las flores color púrpura que envolvían el porche, cuyos pétalos cubrían el suelo cuando el viento los hacía caer? ¿Las lilas eran tan altas que, cuando Ana y Margot se ocultaban tras los arbustos, nadie las encontraba o solo eran muy pequeñas en aquel momento? Los primeros años de su niñez pertenecían a otro mundo, un mundo perdido.

Las personas buenas a veces no podían entender por qué los cuentos más antiguos estaban repletos de demonios y bestias peligrosas; no sabían que, cuando aparece el mal, no es posible combatirlo con flechas o piedras. Es invisible, está en todas partes. La primera señal es el aroma a algo que se quema, como si hubiesen encendido fuego y el aire se llenara de un humo negro y acre. Cuando eso sucede, lo mejor es huir hacia el bosque, aunque haya lobos durmiendo bajo los árboles. Sabes lo que es un lobo en cuanto lo ves, pero una persona malvada puede estar escondida; suele ir disfrazada. Puede parecerse a un vecino, a la mujer de la tienda donde compras o a la persona que creías que era tu amiga.

Ana sabía cosas que no debía conocer, porque había oído una conversación entre sus padres cuando ellos creían que estaba profundamente dormida. Salió de su habitación hacia el pasillo y se sentó en los escalones, donde no podían verla.

—¿Y si elegimos mal? —oyó Ana que decía su madre—. ¿Hubiésemos tenido que ir a otra parte?

—Países Bajos fue, es y será siempre una nación libre —respondió Otto—. Debes creer en algunas cosas, tener fe en lo bueno.

Los Frank habían emigrado allí porque era uno de los países más tolerantes de Europa, con una larga historia de libertad y aceptación, ya que se había mantenido neutral durante la Gran Guerra.

—Allí estaremos a salvo —dijo Otto Frank a su familia y sus amigos, y todos estuvieron de acuerdo con él. ¿Por qué iban a tener dudas?

Ámsterdam les pareció la ciudad obvia a la que huir, debido a su política de puertas abiertas para los refugiados que pudieran costearse el papeleo legal, pero todos los extranjeros estaban obligados a registrarse ante el Gobierno. Una vez más, los Frank eran extranjeros, y ese fue solo el comienzo, aunque no lo sabían. El odio brota tan rápido que solo se necesita una gota para esparcirse como tinta sobre el papel. Aun así, el padre de las niñas estaba convencido de que la creciente ola de prejuicios contra los judíos era un mal pasajero agitado por un grupo de personas malas. El mal podía desaparecer, como el humo, como las cenizas. La mayoría de las personas tenían buen corazón, Otto estaba convencido, y esa noche oscura era una tormenta que pasaría, como todas las demás.

—Lo conseguiremos, llegaremos a nuestro destino —aseguró Pim a su esposa.

Sin embargo, Ana se preguntó si era posible que una niña se preocupara tanto que, aun tumbada en la cama, caminara por el bosque completamente sola. Estaba atenta a los lobos cuando salía la luna, aunque vivían en la ciudad de los canales, en un país donde no se veían estos animales salvajes desde hacía casi cincuenta años. Por las noches, soñaba con duendes malvados y, cuando despertaba al amanecer, se preguntaba con qué se encontrarían.

***

—Existen las guerras —explicó Pim a Ana y Margot al día siguiente, para tranquilizarlas—. Pero también existe la paz. Es lo que quiere la mayoría de la gente: un mundo en que sus hijos estén seguros, donde puedan dormir toda la noche, en el que todas las personas puedan caminar por las calles sin que las arresten por su condición. Ya lo veréis . Aquí estaremos a salvo.

Sin embargo, cuando se sentaron a cenar, Ana vio que su padre seguía de pie junto a la ventana, aun después de que la comida estuviera en la mesa, con una expresión distraída en el rostro mientras observaba la plaza vacía, como si estuviera esperando que oscureciera. En la oscuridad, las calles vacías resplandecían bajo la luz de las farolas.

De los casi cincuenta mil judíos que habían pedido entrar en los Países Bajos para escapar del caos de Alemania, solo lo lograron veinticinco mil, pero no en calidad de ciudadanos, sino como refugiados, almas perdidas sin país. Eso eran las hermanas, aunque aún no lo sabían. En Ámsterdam eran extranjeras, y, cuando unas personas son menos que otras y solo un selecto grupo tiene derechos, los que no son ciudadanos nunca están a salvo.

CAPÍTULO TRES

EL SUCESO INESPERADO DE AQUEL DÍA QUE NO FUE IGUAL A NINGÚN otro se produjo de madrugada. De pronto pareció como si una lluvia de estrellas se precipitase desde el cielo. Eran las tres de la madrugada, una hora en que los pájaros dormían y los peces de los canales reposaban en las aguas poco profundas. El estruendo sonó como granizo; después, como si alguien estuviese arrojando piedras. Pero, cuando el cielo se iluminó, se debió a las bombas que explotaban en el campo. No eran estrellas fugaces, sino ráfagas caídas del cielo.

La descarga que al principio pareció un trueno era el rugido de los bombarderos alemanes que sobrevolaban Ámsterdam de camino a bombardear el aeropuerto. Ana y su hermana se miraron bajo la tenue luz del amanecer y se levantaron rápidamente de la cama sin decir ni una palabra. Cuando entraron en el salón, sus padres y Oma ya estaban allí en pijama, escuchando la radio. Pim había logrado sintonizar con el mundo que la repentina locura exterior no había destruido. Las fuerzas enemigas los habían invadido. Margot cogió a su hermana de la mano y se quedaron de pie, con la espalda apoyada en la pared.

Era viernes por la mañana, pero las escuelas cerrarían sus puertas y la gente no saldría a la calle; se quedaría en casa en vez de ir a trabajar. Edith Frank hizo todo lo posible por actuar como si fuera un día normal, y eso pensaron las hermanas, aunque les dijeron que debían quedarse en casa. Se vistieron e hicieron sus tareas; pero Ana se dio cuenta de que su madre y su abuela estaban revisando frenéticamente la despensa, para asegurarse de tener suficiente comida para varias semanas si era necesario. Ana se detuvo a observarlas: era evidente que estaban muertas de miedo; hablaban en alemán, como si nunca hubiesen huido de su país, ya que la mala suerte y la desgracia parecían haberlas seguido hasta allí. Los Países Bajos era una nación neutral que no participaba de ninguna guerra. Alemania lo había ignorado y los había atacado de todos modos.

Pim vio a Ana en el pasillo; se acercó a ella y le pidió que no se preocupara.

—Estamos bien —dijo su padre—. Estaremos a salvo.

—¿Cómo puedes estar tan seguro? —preguntó Ana.

—El resto del mundo vendrá a ayudar a los Países Bajos. Es ilegal que los alemanes estén aquí.

Ana asintió y se apoyó en su padre. Él era valiente, así que ella también debía serlo. Sin embargo, el eco de los ataques aéreos se oyó durante todo el día, las sirenas le taladraban la cabeza y se la llenaron de todo tipo de pensamientos horribles.

—Hagamos los deberes —sugirió Margot cuando encontró a Ana en el tercer piso, mirando el cielo a través del cristal—. Así estaremos entretenidas.

—¿Para qué molestarnos?

A Ana le pareció ver algo raro en el techo. Una enorme polilla negra revoloteaba y chocaba con los cristales de la ventana. La niña pestañeó, y la polilla desapareció.

—¡Pues claro que hay que hacerlos! La semana que viene volveremos a la escuela.

—Tal vez nunca volvamos.

La voz de Ana no sonó tajante ni engreída. Tampoco fue un comentario especial, solo el de una niña de diez años que tenía miedo del cielo, de la polilla negra y de la posibilidad de que su querido padre estuviera equivocado.

Margot le apoyó el brazo sobre los hombros.

—Pim ha dicho que lo superaremos, y lo haremos.

***

Pero, al anochecer, los locutores de la radio recomendaron mantener las luces apagadas para que a los aviones alemanes les resultara difícil sobrevolar la ciudad. La gente hacía todo lo posible por escapar de Ámsterdam: cientos de personas esperaban para huir. Los Frank no tenían coche ni otro lugar adónde ir, así que miraban por las ventanas mientras en la calle se formaban caravanas de ciclistas y carros preparados para escapar, con sus pertenencias atadas a la espalda. Lo que pensaron que nunca ocurriría, sucedió de la noche a la mañana.

Ana recordó que su padre le había contado que, en la antigüedad, la sal se presentaba como ofrenda en el templo de Jerusalén, pues se decía que sanaba y purificaba, y que era símbolo de lo eterno. Buscó el salero en el armario, lo llevó al dormitorio y esparció sal por el suelo.

Margot sacudió la cabeza mientras Ana iba a cada rincón del cuarto.

—Es una tontería, Ana. Lo sabes, ¿no?

Ana sintió que le ardía la garganta.

—Crees que todo lo que hago es una tontería.

Margot se acercó y abrazó a su hermana.

—No es cierto.

Ana se fundió en el abrazo.

—No tienes que ser amable conmigo —dijo a Margot.

Ana se avergonzaba de comportarse como una niña, en especial porque nunca habían sido amigas. ¿Por qué fingirlo en ese momento? No se parecían en nada.

—Pero quiero ser amable contigo —dijo Margot—. Una hermana es más que una amiga.

Ana levantó la mirada hacia su hermana; nunca le había parecido tan guapa. Sintió una punzada de celos. A veces le hubiera gustado estar en su lugar.

—Haría cualquier cosa por ti —afirmó Margot con una amabilidad natural que provocó que Ana envidiase aún más su dulce personalidad—. Además, siempre seré tu hermana.

En esta noche, Ana lloró, y dejó que Margot le acariciara el pelo. Esperaba recordar siempre ese momento, cuando lo único que sintió fue amor por su hermana, no resentimiento, cuando no le importó si Margot era la hija perfecta o si ella era una persona egocéntrica que deseaba volar por encima de los techos, los canales, el río y los plátanos, hacia un mundo donde brillaba el sol todo el año, donde los pájaros posados en los árboles eran el único sonido que podía oír.

***

A la mañana siguiente, Pim estuvo todo el día en la sala de estar con la radio encendida mientras escuchaba a los locutores, que se esforzaban por explicar lo sucedido al mundo que alguna vez habían conocido. Fue un día largo y tranquilo, y Edith llamó a las chicas a la cocina para que la ayudaran a preparar la cena.

—Traeré los platos —anunció Margot.

—Cubiertos de plata —indicó Edith, mientras se interponía entre ellas y miraba con severidad a su hija menor por no ocuparse de sus tareas—. Algún día tendrás tu propia mesa en tu propia cocina; debes aprender a presentar la comida.

Cenarían las sobras de la noche anterior, los mismos fideos con queso, para no desperdiciar alimentos. Ana sostuvo la sopera, aunque le quemaba las manos.

Esa fue la noche en que empezó a ver aquello de lo que sus padres no querían que se diera cuenta; querían protegerla, pero ella vio más allá de las sombras. La polilla, la sal, su padre de pie junto a la ventana, una voz en la radio, los pájaros en silencio. En algún lugar había estrellas; sin duda, estarían esparcidas por el cielo nocturno de California; habría remolinos de estrellas, tantas que parecerían una escalera hacia el cielo. Ana se volvió y vio a su madre en la puerta; Edith parecía una desconocida, con los ojos desorbitados y un miedo callado. Cenaron en silencio.

En cuanto cayó la oscuridad, las calles se quedaron desiertas, y esa noche se sintieron como si vivieran en la luna. Les parecía estar muy lejos, incluso de los vecinos de al lado. Bien podrían haber estado en la copa de los árboles, por encima de la Tierra. Oma preparó un té de flores azules que solo podían encontrarse en las montañas de Suiza. El té azul era el último regalo que recibirían de su Omi en Basilea, pero aún no lo sabían. La cocina seguía teniendo el mismo olor de siempre cuando Oma preparaba su tarta de fideos, en especial cuando endulzaba las sobras con las pocas peras que quedaban en la despensa. Era el 11 de mayo, el día después de que sucediera lo inesperado. Escucharon la radio, oyeron algo que sonaba como estrellas estrellándose contra el suelo, y, cuando cayó la noche y la polilla negra apareció en la ventana, nadie la vio, nadie la oyó golpeando el cristal.

LO QUE PERDIMOS

Después de que cayeran las bombas, no pudimos pegar ojo en toda la noche. Nuestra familia se había dispersado por todo el mundo, pero nosotros no entramos en los cupos de judíos a los que se les permitió el acceso a Estados Unidos, Reino Unido o Suiza. Aún creíamos que era imposible que las leyes raciales de Alemania se aplicaran aquí. Creíamos en la justicia.

No entendíamos que el odio lo cambia todo. Por la mañana, al despertar, descubrimos que nos aterraba el mundo exterior.

Había demasiado silencio. Ya no nos pertenecía.

Era un lugar donde todo podía pasar.

Ya no existían los días normales.

Nos encontramos con un mundo totalmente distinto.

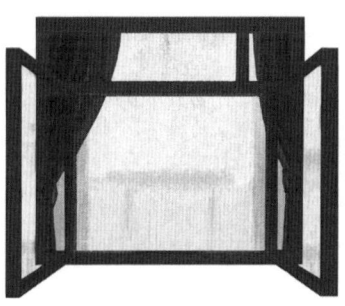

SEGUNDA PARTE

El lobo
Ámsterdam, mayo de 1940 – septiembre de 1940

Piensas en el bosque, con su espesura oscura e infinita, y deseas estar allí en este instante, segura entre los árboles. Cuando oyes un ruido, crees que tu hermana te está persiguiendo, pero ella no es tan rápida, no salta desde un acantilado ni respira con tanta fuerza; ella no intenta atraparte ni derribarte.

En ese momento sabes que es mejor no estar aquí. Si pueden, te atraparán. Si vacilas, estás perdida. Si te das la vuelta para mirar, te quedarás paralizada. Ahora los oyes detrás de ti. Pronuncian tu nombre.

Y sales corriendo.

CAPÍTULO CUATRO

TRES DÍAS DESPUÉS DE QUE CAYERAN LAS BOMBAS, LA REINA HUYÓ del país. De la noche a la mañana, había perdido el poder, y un destructor británico la trasladó a Inglaterra por el mar del Norte. Ana sabía lo que ocurría cuando una reina desaparece en los cuentos de hadas: en ese instante todo se pierde, las ciudades se derrumban, los árboles se marchitan, la gente ya no sabe qué hacer. La reina denunció a Adolf Hitler como archienemigo de la humanidad y juró que regresaría, pero por el momento los holandeses quedaban a merced de los alemanes, más fuertes gracias a un enorme ejército muy bien entrenado. Los soldados neerlandeses lucharon con todas sus fuerzas, pero el 15 de mayo, dos días después de la partida de la reina, después de que Róterdam fuera bombardeada y otras ciudades holandesas quedaran bajo amenaza, se rindieron. Cuando cesaron los bombardeos y ya no se oía el fragor constante que implicaba la destrucción de edificios y la pérdida de vidas, tendría que haberse sentido una profunda sensación de alivio. Sin embargo, el silencio quería decir que los alemanes habían tomado el control. Por eso, era aterrador. Había soldados alemanes en las calles de Ámsterdam. Era como si hubiese caído un telón y el día se hubiera convertido en noche. «Cierra la puerta con llave, no salgas, no confíes en nadie, no hables mucho, a ver qué sucede. No perdamos la esperanza».

Los Frank siempre habían pensado que, si alguna vez tenía que salir de Ámsterdam, podrían ir a vivir con la madre de Pim, en Basilea, pero Suiza había cerrado las fronteras a los inmigrantes. Había pocas esperanzas para quienes intentaran entrar por la peligrosa escalada a través de las montañas, y los refugiados que conseguían colarse en los trenes eran rechazados al llegar a la frontera, aunque eso significara una muerte segura para los judíos a los que obligaban a volver a Alemania. La gente huía a los bosques; dormía en los árboles y bebía de los arroyos; muchos fueron abatidos por los soldados.

Ana estaba disgustada por la rápida derrota de los holandeses, pero Margot insistía en que no había de qué preocuparse. Era optimista y creía que todo iría mejor.

—Dentro de seis meses, ni siquiera estaremos aquí —declaró—. Iremos a Estados Unidos.

Aunque todas las solicitudes de visados que había interpuesto Pim para viajar a Estados Unidos fueron destruidas durante el bombardeo de Róterdam, las hermanas siempre creyeron en lo que les decía su padre; su actitud positiva era contagiosa. Sin embargo, cuando llegaron los alemanes, Ana empezó a dormir muy mal, pese a la insistencia de su padre en que, en pocos días, la vida se calmaría. Las hermanas solían levantarse de la cama para mirar por la ventana del salón, que daba a la plaza. No había nada allí, solo su vecindario, el mismo de siempre, un lugar lleno de familias judías donde los niños jugaban al aire libre en las noches de verano y los padres se quedaban en la calle y conversaban. Aunque habían derrotado a los holandeses, la ciudad parecía la misma. Los mismos árboles, el mismo cielo, bicicletas en las calles, conejos entre la hierba. Quizá todo seguiría como antes del bombardeo, que en su mayor parte se había producido en las afueras de Ámsterdam, y lo único que tenían que hacer era esperar a que la vida recuperase la normalidad. Su padre debía de estar en lo cierto al tener esperanzas en el futuro, pero a veces es difícil creer en lo que te dicen, incluso para los que desean ver la cara amable del mundo. En ciertas ocasiones, Ana veía la misma polilla negra que revoloteaba y golpeaba las ventanas; veía flores que se marchitaban sin motivo, aunque fuera el mes de mayo; sus pétalos se tornaban frágiles y grises. Por la noche, todo el mundo se quedaba en casa. Quizá por eso había cada vez más conejos, más de los que jamás habían visto. Al atardecer, corrían por la plaza como si el mundo les perteneciera después del toque de queda, como si no tuvieran de qué preocuparse; ignoraban que, donde hay conejos, pronto llegan los lobos.

***

—¿Qué crees que pasará ahora que los alemanes están aquí? —preguntó un día Ana a su abuela, cuando estaban solas en el dormitorio de Oma, que antes era el comedor.

Había un aparador lleno de platos en un estante y la ropa doblada de Oma estaba en otro. Un frasco de perfume descansaba sobre la mesa, junto a su cama. Aún se quedaba despierta por las noches y miraba por la ventana, y eso preocupaba a Ana.

Oma parecía tener la capacidad de percibir cómo sería el futuro, pero no porque fuera adivina, sino porque lo había experimentado en el pasado. Si alguna vez has estado en un lugar, sabes que es posible volver allí. El tiempo es circular, y lo que ocurre en un país puede comenzar en otro. El terror es capaz de superar fronteras, como un bosque de árboles negros con espinas en las ramas. Lo sucedido en Alemania había comenzado como una pequeña semilla de odio, la ampolla más diminuta, un grupito de hombres malos. ¿Cómo podía contarle Oma a su querida nieta lo que podía suceder cuando floreciera esa semilla? ¿Cómo revelarle a su dulce niña que el mal estaba en todas partes, en los corazones de sus vecinos, en el cartero, en los amigos de la casa de al lado? El odio era contagioso, se extendía de una familia a otra, como una lenta infección del espíritu y el alma.

En Alemania, antes de 1933, algunos judíos no se dieron cuenta de lo que estaba pasando. Los cambios eran casi invisibles, sombras que solo se percibían por el rabillo del ojo. Los alemanes representaron una obra de teatro, una pantomima de lo que vendría, la separación por el bien del país. Luego cayó el telón y la gente vio lo que tenía delante. Ahí estaba, la maldad que había existido desde el principio se reveló a todos: las tropas de asalto con sus brazaletes nazis, los judíos golpeados y asesinados, los niños llorando, el viento en los árboles, que sonaba como si el mundo se hubiese partido en dos y nada pudiera volver a unirlo.

—Nadie sabe lo que pasará —dijo Oma a su querida Ana—. El futuro es un misterio.

La abuela apartó la mirada y emitió un sonido gutural como si se estuviera atragantando con sus propias palabras. Era difícil no decirle la verdad a su nieta, pero no estaba segura de lo que vendría. ¿Para qué alarmarla, si quizá estaba equivocada acerca del futuro que las acechaba, el que ella temía, como eco de lo que había ocurrido con los judíos en Alemania? Sin embargo, Oma se estremeció al pensar en la relación entre el pasado que ella conocía y el futuro que estaban a punto de llegar. ¿Cómo le dices a tu nieta que la vida puede ser trágica sin motivo? ¿Cómo se transmite eso a cualquier persona decente que quiere creer que es justa?

—Mis padres dicen que estaremos bien. —Ana no sabía si creerles, pero estaba convencida de que su abuela jamás le mentiría; por eso había ido a hablar con ella—. ¿Es verdad lo que dicen?

—La verdad puede tener muchas formas. —Oma se encogió de hombros. Últimamente, sus manos habían empezado a temblar y ya no bordaba—. No podemos conocer el futuro.

—Pero ¿tú qué crees? —preguntó Ana.

—Creo que, cuando seas mayor, serás una mujer preciosa —respondió Oma.

Ana se echó a reír. No lo podía evitar. Era típico que le hiciera un cumplido, incluso en medio de una conversación seria.

—¡Crees que soy preciosa porque soy tu nieta! Gracias, Oma, pero sé que no lo soy, y francamente no me importa. Quiero más que eso.

Le intrigaba su nieta menor, a la que no le daba miedo dar su opinión. Sí, Ana podía ser testaruda, pero también valiente y con una visión propia del mundo. ¡Era maravilloso que el aspecto no fuera lo más importante para ella! ¡Con qué profundidad lo observaba todo!

—¿Y qué es lo que quieres? —preguntó Oma con curiosidad.

En ese momento parecían dos niñas mirando hacia el futuro e imaginando lo que les depararía.

—Aún no lo sé —admitió Ana.

Era solo una niña que conocía muy poco del mundo. Estaba a punto de cerrar una etapa y abrir otra. Sin embargo, era cuestión de tiempo; pronto sabría quién quería ser.

***

Esa tarde, Edith se quedó observando a sus hijas mientras leían en la azotea, descansando bajo el sol, tendidas en las viejas sillas de madera cubiertas de tela. Por un momento le pareció que el mundo no había cambiado. Ana estaba leyendo una novela sobre un grupo de amigos holandeses y Margot había sacado una silla para estudiar historia. Edith sintió una terrible angustia al ver a sus hijas. Todo había cambiado, y seguiría haciéndolo, poco a poco, paso a paso. Oma le había contado a su hija que Ana había ido a verla, preocupada por lo que implicaría para ellos la invasión alemana. Tendría que ser tonta para no preocuparse, y Ana no lo era.

Edith se preguntó si se habían equivocado al elegir ese destino; quizá habían cometido un terrible error al huir a Ámsterdam. Empezaba a pensar que deberían haber ido a Suiza, como la madre de Otto, o haber enviado a las niñas a Inglaterra, con los primos de su marido; incluso Francia habría sido un país mejor.

Antes de tomar la decisión, lo reflexionaron mucho, pero Otto dijo que era mejor que la familia siguiera junta. En ese momento, tenía sentido. ¿Cómo saber lo que iba a pasar, si los alemanes no habían decidido atacar los Países Bajos hasta ese año? Edith trató de no dejarse llevar por sus peores miedos, pero no le sirvió de nada: la acompañaban, la obsesionaban. ¿Qué haría, si la separaban de sus hijas? No tenía ni que pensarlo, lo sabía: caminaría sobre espinas y a través de palos y piedras, viajaría hasta los confines de la tierra. Haría cualquier trato, pagaría cualquier precio, daría su vida. Lo que fuera, todo, por mantenerlas a salvo.

Ana se volvió y vio la expresión dura en el rostro de su madre, que la estaba mirando. Pensó que, probablemente, había hecho algo que la había disgustado y por eso Edith la observaba de ese modo. Había tanto que podía haberla decepcionado: poner las cucharas en el lugar de los tenedores en la mesa, no ser una belleza como su hermana, decir alguna tontería, comportarse de manera vanidosa y engreída, leer una novela cuando debería estar haciendo los deberes...

—¿Qué pasa? —preguntó Ana.

—Nada —respondió Edith.

Si hablaba con sus hijas de sus miedos, las asustaría, así que se mantuvo erguida y no respondió. Eran niñas, dos jóvenes sentadas bajo el sol en la azotea, un lugar que en ese momento parecía inseguro. La gente se preguntaba si pronto prohibirían a los judíos entrar en sus jardines, disfrutar de las flores que habían cultivado o salir a pasear bajo la luna.

Los padres creen que sus hijos no los están escuchando cuando hablan en voz baja sobre lo que está mal; piensan que sus hijas no están al tanto de que se esconden en la cocina para llorar. Los padres se convencen de que pueden actuar con naturalidad y que sus hijos no se darán cuenta de que hay un problema. La vida había cambiado, pero insistían en que volvería a ser como antes, que esa mala época sería pasajera, una temporada de odio que no duraría mucho, desaparecía y todo volvería a la normalidad. Pero en ese momento varias polillas negras golpeaban la ventana. Ana las observaba desde el otro lado del cristal y se preguntaba de dónde habían salido. Antes solo había una, como una sombra surgida de su imaginación, pero cada vez eran más. La niña estaba casi segura de que la primera se había colado por una ventana o había pasado a través de una puerta abierta. La veía en una esquina, aunque era invisible a ojos de la mayoría. Estaba allí cuando su padre les dijo «Buenas noches, que descanséis», se sentó en su sillón favorito con un libro y la llamó «hija querida». Vio la preocupación reflejada en su rostro. Reconoció la expresión de alarma en los ojos de su madre mientras la observaba desde la puerta de la azotea. Sus padres tenían miedo, incluso en su propia casa. Sabía que era así, aunque no lo dijeran en voz alta.

**

El futuro llegó como un lobo que camina por el bosque, silencioso mientras cruza el vecindario buscando la forma de saciar su hambre. Lo que no oyes no lo ves, a menos que entornes los ojos y escudriñes la oscuridad. Tienes que encender una vela y mirar más allá de la copa de los árboles. Debes estar preparada para ver lo que no hubieses querido conocer jamás: soldados alemanes en las esquinas, paseando por la orilla de los canales, agrupándose cerca del río Ámstel. Llevaban cascos de metal y pesadas botas. Con mirada serena, recelosa, estudiaban a todo aquel con el que se cruzaban, buscando lo que consideraban rasgos judíos: cabello y ojos oscuros, individuos sospechosos y racialmente inferiores.

En el barrio, todos hacían lo posible por evitar a los soldados; cambiaban de acera para que no les hicieran preguntas. La gente comentaba que los alemanes ya habían hecho listas con nombres de judíos holandeses para detenerlos, desde radicales hasta ricos, pasando por escritores y maestros.

Hacía calor, y los árboles del parque estaban verdes. Había barcos en los canales y tantas bicicletas en las calles que se oían timbrazos en cada esquina. Muchas personas se habían resignado a esa situación. «¿La vida es realmente tan mala? Cenamos con nuestra familia, nuestros hijos están a salvo en casa. Con el tiempo, los alemanes se marcharán, se olvidarán de nosotros y se irán a otro país; ¿para qué van a molestarse con nosotros, para qué quedarse?».

***

Ana y Margot regresaron a sus respectivas escuelas, y las dos se aseguraban de volver rápido a casa, como su madre les había indicado. A veces se encontraban después del colegio y paraban en la heladería Oase, donde a menudo se reunían los judíos: los estudiantes de su edad, para socializar; los adultos, para hablar de la situación política en voz baja. Empezaban a formarse grupos de resistencia que se reunían en secreto y planificaban lo que harían cuando los alemanes dieran el siguiente paso letal. No si lo darían, de eso estaban seguros, sino de cuándo sería. Con el tiempo, la resistencia clandestina llegó a ocultar de veinticinco a treinta mil judíos.

Sanna y Hanneli, las amigas de Ana, la visitaban a menudo. Eran más elegantes que muchas de las chicas de su edad, en especial más que ella, enamorada de un chico de trece años llamado Peter Schiff. Ana era coqueta y le interesaban los chicos, pero dependía de Hanneli y Sanna. Cuando las tres se reunían en el apartamento, era fácil olvidarse de los problemas del país, al menos durante una o dos horas. Jugaban al Monopoly y los días soleados leían novelas en la azotea, cuando parecía que era verano y que el mundo seguía siendo el mismo. Pero cuando sus amigas se iban a su casa y el piso volvía a quedarse en silencio, Ana sentía un vacío. Cuando estaba sola, pasaba la mayor parte del tiempo en la azotea, donde se sentía más a gusto. Se hacía sombra con la mano encima de los ojos y miraba a lo lejos. Desde allí, los edificios parecían juguetes lo suficientemente pequeños como para sostenerlos en la palma. O lo bastante como para destruirlos.

Al anochecer, ordenaron a todo el mundo que, por seguridad, cubriera las ventanas con pantallas opacas. A la hora de la cena, la familia se sentaba a la mesa y escuchaba la radio. A veces hablaba la reina, que hacía lo posible por presentarles un futuro alentador. Pero ella estaba en Inglaterra y ellos, allí. Escuchaban la BBC y las voces de los locutores del otro lado del mar, mientras esperaban que el resto del mundo despertara y se diera cuenta de lo que había sucedido.

Cuando un país libre e independiente es invadido y bombardeado por otro, no solo es un acto de guerra, sino de terrorismo. ¿El mundo no debería oponerse? ¿No tendrían que rescatarlos? Sin embargo, ningún país los ayudó. Había conversaciones al respecto, nada más. Quizá hubiera planes de los que nadie estaba enterado, una forma secreta de deshacerse de los alemanes y rescatar a los judíos de los Países Bajos. «Aún no», se decían unos a otros, pero, a medida que pasaba el tiempo, se preguntaban: «¿Cuándo?». El miedo al futuro crecía en los jardines de la ciudad, un terror tan profundo que nadie recogía flores, ya que quizá, en ese nuevo mundo, se considerara un delito.

***

Una noche, Margot decidió que Ana y ella se organizarían mejor y se sentirían más felices si cada una hacía una lista de todo lo que debían realizar al día siguiente. Volverían a la normalidad si lo dejaban por escrito: las clases a las que asistirían, los amigos a los que verían, las tareas que harían. Las dos se metieron en la cama con papel y lápiz, pero a Ana no le interesaba la lista de actividades de su hermana, así que decidió confeccionar su propio listado de todo lo que haría cuando terminara la guerra.

Visitar a Omi en Suiza. Pasear por un jardín de rosas blancas. Viajar a París cuando florecen los castaños. Visitar Nueva York, en especial el Radio City Music Hall y los grandes almacenes Macy's, propiedad de la familia del amigo de su padre. Caminar por Hollywood Boulevard y apoyar las palmas en las huellas de manos de las estrellas de cine y ver si encajan, en especial en las de Norma Shearer, protagonista de la versión cinematográfica de Romeo y Julieta. Perforarse las orejas y comprarse muchos pendientes. Llevar las uñas pintadas de rojo. Observar la salida de la luna en Estados Unidos junto a su padre. Que su madre le diga que es guapa. Enamorarse. Vivir en un país donde se puede ser libre.

—Yo he hecho una lista de tareas pendientes —declaró Margot—. Tú, una de deseos.

—¿No tienes deseos?

Margot tardó un rato en responder.

—Me da miedo tenerlos.

—A mí no —replicó Ana.

—Por eso eres así —dijo Margot, y por primera vez Ana se preguntó si su hermana sentiría envidia de ella. Se metieron juntas en la cama para no estar tan solas. Podía ver la polilla negra, así que cerró los ojos.

—Había una vez... —dijo Ana— dos hermanas. Una era hermosa y la otra, no.

Margot se echó a reír.

—No, la historia no es así.

—¿Y cómo es?

Hablaron en voz muy baja para que nadie pudiera oírlas.

—Había una vez dos hermanas que harían cualquier cosa la una por la otra —comenzó Margot.

—¿Y qué harían? —Ana habló en voz más baja que de costumbre.

En ese momento, no se sentía muy adulta.

—Se protegerían y siempre creerían la una en la otra.

—¿Pasara lo que pasara? —preguntó Ana.

—Pasara lo que pasara —respondió Margot.

—Entonces eso es lo que deseo —dijo Ana.

—No tienes que desearlo. —Margot también tenía los ojos cerrados—. Es la verdad.

Cuando su hermana se quedó dormida, Ana salió de la cama para observar la oscuridad del patio. Quería creer que podían protegerse, pero vivían en una época de lobos, un tiempo de sombras. La mayoría de la gente trataba de convencerse de que todo iría bien, pero, si se quedaban despiertas hasta tarde, si de verdad lo creían, sabrían que, sin importar quién las amara, sin importar quién intentara protegerlas, nada estaba bien y nada era como antes, y, para finales de mayo, todos los conejos se habían ido.

***

El 12 de junio Ana cumplió los once. Siempre había sido su día de la suerte, el mejor del año. Por lo general, sus amigas iban a su casa a jugar y comer pastel. El año anterior habían acudido ocho amigas, incluidas Hanneli y Sanna, pero ese año solo lo celebró con la familia. Aun así, los once eran una buena edad; al año siguiente sería aún mejor, y los trece serían los mejores de todos.

—No veo la hora de ser mayor —le confesó Ana a Oma.

Su abuela le aconsejó que no se apresurase.

—Cuando eres joven, el tiempo pasa muy despacio, pero, cuando llegas la vejez, quieres dar marcha atrás y volver al pasado.

—A mí no me pasará —le aseguró a su abuela—. Nunca querré volver al pasado.

—¿Por qué quieres crecer tan rápido? —quiso saber Oma—. Sigue siendo una niña. ¡Disfruta!

Ana abrazó a su abuela, pero sabía que lo que quería más que nada en el mundo era crecer. En sus sueños era una mujer adulta y podía hacer lo que deseaba. «California» le parecía una palabra preciosa, y a menudo la repetía mentalmente hasta quedarse dormida, mientras la luna se colaba por la ventana, una luz pálida y plateada que hacía que todos los objetos de su habitación le parecieran desconocidos, como si ya estuviera viviendo en un nuevo lugar. Ana estaba segura de que podría ser actriz porque, incluso en ese instante, sentía que todos los días actuaba en una obra y fingía ser alguien que no era. La niña que no sabía que el mundo se cernía sobre ellas, que no veía que su madre la observaba para comprobar si cometía un error: «Esos zapatos, no», «Esas medias, no», «Esas palabras, no» cuando respondía a una pregunta. Ocultaba sus preocupaciones... ¿Acaso eso no era actuar? ¿No era lo suficientemente bonita, lo suficientemente inteligente, lo suficientemente valiente? Había participado en obras de teatro escolares y espectáculos durante las vacaciones, y siempre representaba a la protagonista. El motivo era simple: en un abrir y cerrar de ojos, era capaz de convertirse en otra persona. Podía ser Julieta, la bruja del bosque, una niña perdida que mendigaba pan o Ester, la reina que salvó a los judíos.

—¿Cómo lo haces? —le preguntó su amiga Hanna.

Estaban jugando en el cuarto de esta, representando escenas de sus películas favoritas. Hanneli admiraba el talento de Ana y jamás la envidiaba ni se enfadaba con ella, como algunas niñas de la escuela. A diferencia de ellas, a Hanna no le molestaba que siempre quisiera ser la protagonista.

—Eres tan diferente cuando interpretas el papel de otra persona... —dijo Hanneli con admiración.

Ana se encogió de hombros, sin saber qué responder. Era difícil explicar lo fácil que le resultaba convertirse en un personaje de una obra de teatro, mucho más que vivir su vida. Quizá podía hacerlo porque deseaba ser otra persona. Le encantaría interpretar el papel de la hermana perfecta; era lo que a menudo deseaba ser, aunque nunca lo admitiría, la hermana guapa y amable a la que todos amaban y admiraban, la que siempre sabía lo que había que decir y hacer, generosa, no mandona, a la que todos los chicos miraban con interés, la que complacía a su madre con todo lo que hacía. No había duda de que Ana había estudiado mucho a Margot; podía caminar y hablar como ella, imitarla para divertir a sus amigos y hacerlos reír. O podía ser un personaje totalmente diferente, alguien desconocido e inventado: Merle Oberon, o la maravillosa y misteriosa actriz Greta Garbo.

—Encajarás en Hollywood, estoy segura.

—No lo sé. —De un tiempo a esa parte, Ana dudaba de sus sueños—. Para eso tendría que ser guapa, y no lo soy —farfulló.

Se había sentido herida al oír a niñas de su clase hablar de ella. Habían dicho que estaba demasiado segura de sí misma y que era muy limitada. Las dos cosas: mandona y dependiente. Lo que más le dolió fue cuando las oyó decir que era menos atractiva que Margot. «Su hermana es guapísima —dijeron— y Ana es muy normal». Ella lo sabía, por supuesto, pero la crueldad de sus risas la destrozó.

—Lo único que sé es que, cuando actúas en una obra, eres la única a la que todos miran. Eres la que brilla —dijo Hanneli a su amiga.

Era cierto. Cada vez más chicos se acercaban a Ana en el patio de la escuela, y no porque fuera guapa, sino porque brillaba, como una luciérnaga. Transmitía tanta vida que todos se sentían atraídos hacia ella, y ni siquiera sabían por qué. Ella era eléctrica, mucho más intensa que la mayoría de la gente.

—Pensemos en cómo será nuestra vida en California —propuso Ana—. Todas las mañanas iremos a nadar al océano Pacífico. Tomaremos pastel de chocolate y champán.

Las niñas se miraron y se rieron ante la idea de tener edad suficiente para beber champán.

—Yo viviré en tu casa de invitados —declaró Hanneli—. Todas las estrellas de cine tienen una. Me esconderé allí y así no tendré que irme nunca.

—Nunca —coincidió Ana.

De pronto, Hanneli mostraba un halo solemne. No todo el mundo podía llegar a tener una vida de ensueño.

—Si pasa algo y no puedo ir contigo, prométeme que me escribirás.

Ana pensó si había hecho bien al hablarle de sus sueños. Eran sus pensamientos más íntimos, y sentía que había revelado demasiado de sí misma. Si sus amigas llegaban a conocerla, descubrirían que a veces era egoísta y que había momentos en que se sentía diferente y especial, pero que en ocasiones le ocurría lo contrario, como si no fuera más que una sombra en la pared.

Por la noche, el cuarto se llenó de polillas, cada vez más, hasta que se tornó tan oscuro que le fue imposible ver nada.

***

Otto Frank siguió escribiendo cartas para tratar de sacarlos de los Países Bajos. Sin embargo, cuando lo hacía, una oscura sombra de miedo cubría su rostro. No dijo nada sobre el hecho de que cada vez costaba más que las cartas llegaran a su destino, y que las que él recibía tardaban semanas. Se paseaba de un lado a otro mientras pensaba qué poner en las siguientes. Ya había rogado a los hermanos de su esposa que hicieran todo lo posible por ellos. La situación cambiaba día a día, empeoraba minuto a minuto. Cada vez se aprobaban más leyes que privaban a los judíos de su medio de vida y de su dignidad. Últimamente, Ana no podía ver más allá de la plaza verde, que siempre había considerado suya. En el pasado, nunca habían vacilado en salir al anochecer, montar en bicicleta, jugar al escondite ocultándose entre los arbustos u observar las estrellas en el cielo. Las cosas simples que daban por sentado ya no eran posibles. Ana deseaba ir a la plaza al caer la tarde, algo que Pim y ella solían hacer. Parecía haber transcurrido tanto tiempo desde la última vez que ni siquiera recordaba la bóveda de estrellas que los cubría. Deseaba pasear junto a los canales por la noche, buscar un barco y remar hasta el mar. Si se esforzaba, quizá encontraría un lugar en el que hacer lo que se le antojara, donde no tendría que temer a los soldados de la calle; encontraría una ciudad lejos de allí en la que pasarse el día entero en una librería, y luego hacerse un ovillo y dormir allí por la noche. Cuando cerraba los ojos, podía imaginarse en algún lugar del futuro donde no tendría que dar explicaciones a nadie.

***

Ana y Margot estaban sentadas en los escalones del número 37 de Merwedeplein en silencio, pero tan cerca que notaban el latido del corazón de la otra. Cada vez con más frecuencia, las hermanas pasaban el brazo alrededor de la cintura de la otra para consolarse cuando estaban tristes. Nunca habían sido amigas íntimas, y aún no confiaba mutuamente. Había algo que Ana quería y Margot no podía darle, algo que necesitaba: alguien que la entendiera en lo más profundo, desde el corazón. Sin embargo, algo había cambiado entre ellas, ya que Ana sabía que podía confiar en su hermana, que era sincera y buena, como no se fiaba de nadie más. Margot nunca le contaría a nadie que, a veces, cuando estaban sentadas en la escalinata bajo la sombra del Rascacielos, Ana lloraba y luego se secaba los ojos, avergonzada.

—Tenía algo en el ojo —le decía siempre a su hermana.

—Debe de ser polvo o una brizna de hierba —coincidía Margot, aunque sabía la verdad.

Aquel día, sentadas en la escalera, Ana no lloró; estaba aprendiendo a dominar sus emociones. A veces imaginaba que, si no las expresaba, le explotarían dentro.

—¿Estás bien? —preguntó Margot, pues su hermana estaba muy callada.

—¿Alguien lo está? —se sorprendió diciendo Ana.

—Me respondes con una pregunta —la reprendió con cariño.

Ana no aprovechó para solarle una de sus bromas habituales, como un «¿Eso hago?», sino que susurró:

—Lo sé.

Y se acurrucaron todavía más.

Cuando las luces se apagaron y anocheció, Ana levantó la mirada para observar los árboles. Había muy pocos pájaros; algo los había ahuyentado, una sensación de muerte, el peso del silencio en la ciudad. Las únicas aves que parecían quedar allí eran las urracas, ya que esa especie nunca migraba lejos de casa.

Margot señaló las ramas que estaban sobre su cabeza.

—¿No es ese el pájaro que te sigue?

Ana creyó que le estaba tomando el pelo, pero cuando miró hacia arriba se dio cuenta de que tenía razón. Era el mismo, el que la conocía y la seguía de su casa a la escuela. Ana se puso de pie y agitó los brazos para espantarlo; quería que se fuera a España o Marruecos, que se olvidara de Ámsterdam. Deseaba que estuviera en un lugar seguro, donde las bombas no perturbaran a las estrellas del cielo.

—¡Fuera! —gritó—. ¡Vuela lejos!

Cuando la urraca emprendió el vuelo por encima de los olmos, las hermanas aplaudieron, aunque sabían que debían permanecer en silencio para no llamar la atención. Eran muy diferentes, pero aun así eran hermanas. «Se puede querer a alguien que no te comprende —decidió Ana—. Puedes confiar en esa persona más que en cualquier otra». Margot llevaba su vestido azul favorito, el que usaría hasta que se convirtiera en un harapo. Pronto no habría vestidos nuevos para comprar ni dinero para ello, pero en este momento no lo sabían. En otras épocas, las chicas de su edad iban a bailar, se enamoraban, se preparaban para entrar en la universidad, paseaban junto a los canales y no tenían que mostrar su tarjeta de identificación, no tenían miedo a la muerte, saludaban a sus padres con un beso de buenas noches, se iban a dormir y no les asustaban sus sueños, no lloraban ni fingían no hacerlo, no deseaban que todos los pájaros huyeran volando a un sitio seguro muy lejos de allí ni deseaban seguirlos.

***

Ana había empezado a soñar con monstruos. Todos tenían rostro humano, y largos brazos y piernas. En sus sueños, la pellizcaban y le hacían moratones en las extremidades; hablaban en alemán

73

y arañaban la ventana, dejando sus huellas en el cristal. Solo estaban en su imaginación, lo sabía, pero había comenzado a tener miedo de irse a dormir. Por la mañana, cuando despertaba, veía la polilla negra en un rincón, más grande que nunca.

Todos en la familia se daban cuenta de que Ana había perdido la alegría; estaba tan callada que a veces se olvidaban de que estaba allí, y eso no era propio de ella. Por lo general, era imposible ignorarla, ocupaba demasiado espacio. Esos días estaba muy silenciosa, reflexionando, preguntándose si la vida de antes no habría sido más que un sueño.

Cuando su madre enviaba a Ana al mercado, la niña oía que la gente hablaba de «los judíos». Caminaba entre las sombras y tenía miedo de pasar junto a ellos. Sentía un nudo en la garganta.

—No tendremos que soportarlos mucho tiempo más —le decía una señora a su amiga.

Era una mujer normal de chaqueta gris. Ana tomó aire y se obligó a pasar junto a ellas. Caminó lo más rápido que pudo, pero, en cuanto la señora la vio, hizo una mueca. Esa mujer era un duende malvado, como las figuras que aparecían en sus sueños, pero era real, llevaba chaqueta gris y una bufanda en la garganta. Ana apretó el paso.

—¿Quién se cree que es? —agregó la señora.

Hablaba con una voz educada impregnada de odio, inconfundible entre sus palabras.

—Qué niña más fea —dijo la otra, pero Ana ya corría rumbo al número 37 de Merwedeplein.

Cuando llegó a casa, Otto estaba en su escritorio escribiendo cartas. Al instante se dio cuenta de que su hija estaba triste, así que se levantó y se acercó a ella.

—¿Ha pasado algo?

Cuando le explicó cómo se habían comportado las mujeres, Otto negó con la cabeza.

—¿Soy diferente a los demás? —preguntó Ana a su padre—. ¿Qué tienen en mi contra?

—Les han enseñado a odiar y, por desgracia, somos el blanco de su odio —respondió Pim—. No es personal.

—¡Pero no es justo! —replicó Ana—. ¡No debería ser así!

Subió corriendo la escalera hasta la azotea; allí podía estar sola. Para ella, lo que había vivido en la calle era muy personal, daba igual lo que dijera Pim. Ese día se dio cuenta de que no sabía nada del mundo; todo podía suceder. La gente podía traicionarte y sorprenderte, odiarte sin motivo, aunque no fuera justo. Se sentó bajo el límpido cielo azul, y vio a la urraca que la había seguido hasta casa.

—¡Vete! —le ordenó al pájaro cuando se posó sobre la azotea, pero no se movió.

No se fue volando a Marruecos ni a España, así que se quedaron allí, porque, a decir verdad, no tenían adónde ir.

LO QUE PERDIMOS

No éramos ciudadanos ni teníamos derechos. No había país al que escapar, nadie nos recibía, nadie nos quería, nadie vino a rescatarnos. No podíamos salir de noche ni levantar la mirada cuando pasábamos junto a los soldados apostados en las esquinas. No podíamos sonreír ni reír en público y, si lo hacíamos, nuestras madres nos mandaban callar y nos daban tirones en el abrigo.

—Recordad —nos decían—, vivimos encerrados.

En nuestro país todo seguía igual, pero todo había cambiado. Los canales estaban allí, como los árboles y nuestros apartamentos, pero todo lo que antes dábamos por sentado nos parecía un tesoro en ese instante: libros, pan, pasteles, tías y tíos, primos, vacaciones, un río, un futuro. Cuando nos mirábamos al espejo, no comprendíamos por qué ellos no veían lo mismo que nosotros. ¿Por qué nos consideraban tan diferentes? ¿Acaso no éramos como ellos? En ese momento comenzamos a preguntarnos cuánto tiempo estaríamos a salvo.

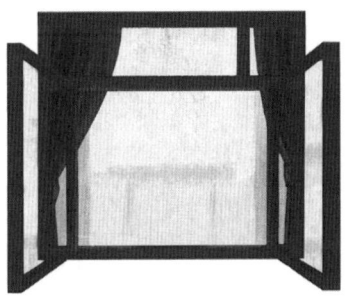

TERCERA PARTE

Inexpresable
Ámsterdam, diciembre de 1940 – mayo de 1941

Había ciertas cosas de las que nunca hablaban. Jamás mencionaban el futuro ni el pasado. Si pronunciaban palabras de duda o miedo, los monstruos podían surgir delante de ellos, caminar por las calles o aparecerse allí, en su dormitorio, sentarse en el armario o esperar bajo la cama, contando cada bocanada de aire que tomaban. Tiempo atrás estaban en sus pesadillas, pero en ese momento los monstruos eran reales, de carne y hueso; llevaban botas pesadas y gruesas chaquetas.

Las chicas cerraron los ojos y desearon que desapareciera todo lo malo. Pero los monstruos prefieren el silencio, les encantan las casas silenciosas y las personas sin esperanza. Toman todo lo que desean y nadie dice una palabra. Roban el alma de la gente y la guardan en un bolsón que cargan al hombro.

Fue entonces cuando Ana se dio cuenta de que los monstruos seguirían existiendo, daba igual si se hablaba o no de ellos. Se metió en la cama de Margot, respiró hondo y dijo la verdad en voz alta. Solo tenemos que abrir los ojos. Entonces veremos qué ha pasado. Están en la ventana en este instante.

CAPÍTULO CINCO

Nevaba, y una capa de hielo azul cubría el suelo. Bajo la superficie de los canales congelados, los pececillos de plata se mantenían inmóviles, brillantes como estrellas, soñando durante los meses más fríos del año. En invierno, la actividad favorita de Ana era patinar en la pista de hielo en la que tomaba clases de patinaje artístico, o con sus amigas en los estanques helados del Vondelpark, el enorme parque de cuarenta y nueve hectáreas del centro de Ámsterdam. Cuando patinaba, el mundo parecía un lugar alegre; ella y sus amigas reían y bromeaban como si fuese cualquier otro invierno; llevaban guantes y mitones, y se deslizaban en fila, como si fueran patinadoras artísticas.

—¡Más rápido! —gritaba siempre Ana, e iban a tanta velocidad que parecían volar.

Hanna, Sanna y Ana se tomaron del brazo y rieron hasta que pensaron que se caerían sobre el hielo.

—¡No podemos ir más rápido! —exclamó Hanneli.

—¿Cómo lo sabes, si no lo intentas? Podríamos batir un récord, si alguien nos cronometra —dijo Ana.

Por eso sus amigas la querían tanto, aunque fuese una persona difícil. Siempre pensaba a lo grande, más que cualquiera. Podían oír el eco de las sirenas en la ciudad, pero las chicas las ignoraron; apenas las escucharon. Sin embargo, sintieron un escalofrío en la espalda. Al final, dejaron de patinar para llegar a casa antes de que oscureciera. El mundo parecía diferente; ya no se veía borroso, como cuando patinaban sobre el hielo. Pensaron que tiritaban de frío, pero no era solo por eso. El miedo encuentra la manera de pegarse a ti, incluso cuando te dices que estás a salvo. Sus padres las observaban y susurraban entre ellos. Si las chicas observaban con atención, si entornaban los ojos, podían ver a los soldados detrás de los árboles. Tenían dientes afilados que mantenían escondidos. Jamás sonreían. Pero las miraban desde lejos, y cada uno de ellos llevaba un rifle.

Los judíos sufrían cada vez más acoso en las calles; los nazis holandeses estaban más presentes. Sin embargo, las chicas se quedaron fuera hasta que los dedos de las manos y los pies se les volvieron azules, disfrutando de cada minuto. Eran jóvenes, y el hielo estaba perfecto; los días que iban a patinar les parecían pequeños milagros. Iban tan rápido que era como si pudiesen desaparecer, en lo alto del cielo cristalino.

***

Durante las frías tardes de invierno, la familia Frank se reunía a cenar mientras se formaba hielo en el cristal de las ventanas. Jugaban al Monopoly o a los naipes. Los adultos escuchaban la radio para tratar de recibir información del exterior; sin embargo, pronto fue casi imposible escuchar la BBC de Londres. Las únicas noticias permitidas eran las de las emisoras locales controladas por los nazis, de las que no se podían fiar. Entonces Pim apagó la radio. Después de eso, se enteraba de lo que sucedía por sus amigos, personas con contactos dentro de la Resistencia que decían la verdad e informaban de lo que sucedía en la Polonia ocupada, donde los alemanes controlaban a los judíos, a los que golpeaban y robaban en las calles. A los hombres les cortaban la barba para humillarlos y los obligaban a hacer volteretas y arrodillarse para suplicar piedad, que nunca recibían. En 1939, en Polonia había tres millones trescientos mil judíos residentes y, cuando acabó la guerra, apenas sobrevivieron poco más de trescientos cincuenta mil.

Oma se acostaba después de cenar. Siempre tenía frío, y usaba un suéter y dos chales. Había noches que permanecía en silencio.

—No me hagáis caso —decía cada vez que le preguntaban si se encontraba mal.

Lo cierto era que todo estaba tan mal que no sabía por dónde empezar. Era consciente de que estaba enferma, los síntomas eran evidentes: dificultad para respirar, dolor en el costado, pero no quería preocupar a nadie. ¿De qué serviría quejarse?

—Disfrutad de los juegos —decía a la familia cuando le preguntaban si quería participar—. Las ancianas se van a la cama temprano.

Pero había algo más, y Ana lo sabía. Preparó una infusión con los últimos pétalos de té azul que quedaban y le llevó una taza a su abuela. Oma ya no quería hablar sobre el futuro cuando Ana le pedía su opinión.

—¿Crees que conozco el futuro? —respondió—. Ana, no sé nada, y tampoco puedo cambiar nada. Si pudiera, me habría asegurado de nacer en otra época y otro lugar. Te llevaría conmigo al futuro. Nos llevaría a todos lejos de aquí.

Si la mirabas a los ojos, parecía que la abuela sabía más de lo que decía, pero se empeñaba en guardar silencio. Se encerraba en sí misma y rara vez se levantaba de la cama. Antes de guardar la baraja, Ana sacó dos cartas para ver su suerte. Si nadie más podía hacerlo, adivinaría su propio futuro. Quería sacar una reina o un as, que parecían los naipes de la suerte, pero sacó un diez y un tres. Guardó esas cartas bajo la almohada. A Ana no la habían criado en la fe judía; pertenecía a una familia moderna que se consideraba alemana hasta que los nazis llegaron al poder. No conocía el significado del número diez en hebreo: Abraham estuvo dispuesto a soportar diez pruebas para demostrar su amor por Dios, hubo diez plagas en Egipto y diez milagros en el Templo. No tenía idea de que el número tres era la plenitud, y que la Tierra se creó ese día.

En ese momento la consideraban una niña, solo podía hacer lo que le pedían, debía dejar de lado sus sueños. De todos modos, tenía esperanza en el futuro. Todo cambiaría cuando fuera mayor.

***

La primera semana de diciembre, Otto Frank trasladó la sede de su empresa a un estrecho edificio de ladrillos del siglo XVII, junto a los canales, en el 263 de Prinsengracht. En el patio vecino crecía un castaño gigantesco. A Ana le recordaba al que había en la escuela Montessori, y se alegró de encontrar otro árbol que concediera deseos, pero decidió esperar a tener uno realmente especial para pedirlo. La zona de Prinsengracht parecía mágica, aunque fuera un barrio comercial algo ruinoso. A veces, acompañaba a su padre a la oficina. Le encantaba pasear junto al canal, por las antiguas aceras de ladrillos, tan estrechas que a menudo su padre y ella debían ir en fila india. Los canales eran preciosos, adornados por los altos y majestuosos olmos plantados en el siglo XVII.

Otto y sus socios hacían lo que podían para que la empresa tuviera éxito, incluso en una época tan difícil. No sabían cuánto tiempo podrían seguir teniendo la empresa, ya que había rumores de que el Gobierno pensaba controlar los negocios judíos. Por seguridad, quizá tendría que transferirla a nombre de sus dos socios de confianza, Johannes Kleiman y Victor Kugler, que no eran judíos. Miep y Bep, las dos administrativas, también cuidaban del negocio. Ana iba a visitar a Miep cada vez que acompañaba a su padre a la oficina, ya que era casi una más de la familia Frank, y todos la querían. También le gustaba conversar con Bep, la más joven, sobre películas y chicos. Miep solía dejar que Ana probara las distintas recetas que debían espesarse con Opekta, el ingrediente que vendía la empresa de Pim y garantizaba que la mermelada casera fuera tan buena como cualquiera de las que podían encontrarse en las tiendas. En ese momento, mucha gente preparaba sus propias conservas, con frutas magulladas del mercado o cualquier fruto que cultivaban en sus pequeños huertos y guardaban para el invierno en los sótanos; se mantenían frescas en cestas o tarros. La favorita de Ana era la mermelada de mora. En segundo lugar, la de manzana.

Cuando la dejaban sola en la oficina de su padre, Ana leía algún libro que hubiera llevado. Había empezado a entender que la obra de un autor era un acto privado en que el escritor estaba en contacto con lo más profundo de su alma, esa parte que no mostraba a nadie más. Las historias que más le gustaban a Ana eran los cuentos de hadas que se desarrollaban en lo más profundo del bosque, donde las personas podían perderse o salvarse, encontrar lo que deseaban en la vida, o perderlo todo y a todos sus seres queridos. Podía adentrarse en los oscuros bosques, donde jamás la encontrarían. Pero se aseguraría siempre de dejar un rastro de migas de pan que le permitiera volver a casa.

***

Ana parecía la misma de siempre cada vez que iba a casa de Hanneli, donde solían jugar con la hermana pequeña de su amiga, Gabi. Las chicas la hacían reír mientras la disfrazaban con gorros y bufandas, y la niña se portaba tan bien que olvidaban que a menudo podía ser molesta.

—Había una vez —le contaba Ana a Gabi— una polilla a la que nadie podía ver.

Estaban bebiendo chocolate caliente que les había preparado la madre de Hanneli. No tenía el sabor de siempre, era más líquido y aguado, aunque delicioso de todos modos.

—Porque la gente no quería verla. Pero siempre estaba allí, día y noche. Esperaba.

Hanneli pareció ponerse nerviosa y se acercó para sentarse a su lado.

—¿Qué esperaba? —quiso saber.

—El momento adecuado para ser libre.

—¿Dónde estará la gente? —inquirió Hanneli.

—¡Debajo de la cama!

Las chicas profirieron un grito y se metieron bajo la cama de Hanneli con Gabi. La habitación parecía vacía. Respiraron con suavidad.

—¿Ahora van a venir las polillas? —quiso saber Hanneli.

—Algún día, pero hoy no —respondió Ana.

—Qué bien —replicó Hanneli, pues el hechizo se había roto—. No queremos compartir nuestro chocolate caliente con ellas.

Las niñas rieron y salieron gateando de debajo de la cama. Ana se sintió aliviada cuando volvieron a jugar a los disfraces con Gabi. No estaba preparada para compartir sus miedos, ni siquiera con sus amigas más íntimas. Esa parte la mantenía en secreto. La que sabía que las polillas negras llegarían el día que todas las personas desaparecieran.

***

El año nuevo siempre había sido una época de esperanza: se encendían hogueras en los canales y los patinadores se quedaban fuera hasta medianoche, una noche en que el futuro siempre había estado lleno de posibilidades.

Sin embargo, ese año las calles estaban oscuras, y las casas y los apartamentos tenían sus puertas cerradas con llave. En enero se anunció que todos los residentes judíos, también los que tuvieran un padre o un abuelo judío, debían inscribirse en el registro civil; de lo contrario, podían ir cinco años a prisión. Casi ciento sesenta mil hombres y mujeres se inscribieron; formaron una fila, llevando sus botas y chaquetas más abrigadas, y dieron su nombre y dirección, aunque a muchos no les gustó hacerlo. Con el rostro sombrío, esperaron en las oficinas del Gobierno para que los inscribieran como personas indignas de tener derechos de seres humanos.

Les dijeron que era un puro trámite, una manera de simplificar las cosas por si debían contactar con ellos. Casi todos obedecieron. Los contaron y numeraron, los inscribieron en documentos oficiales: nombre, edad y domicilio. Y eso fue todo. Se habían convertido en peces en una red, ya empezaban a ahogarse, aunque aún no lo supieran. Solo les dieron información falsa, mentiras envueltas en un edicto nazi: «Sigue las reglas y nadie saldrá herido. Haz lo que te decimos y no te pasará nada».

Una vez recabada toda la información, las autoridades supieron dónde encontrar a los judíos, cuántos niños había en cada familia y qué edades tenían, si había ancianos, inútiles en un campo de trabajo, quiénes vivían en los vecindarios más lujosos y probablemente tuvieran vajilla de plata y joyas. Estaba todo escrito y archivado, y ese archivo estaba cerrado con una llave que podría haber estado hecha de huesos. Los judíos fueron considerados objetos en vez de personas.

Los duendes malvados sabían dónde estaban, tenían una lista y un plan, conocían sus secretos, y contaban con todo el tiempo del mundo.

***

Los acontecimientos que se habían producido en Alemania, Austria y Polonia parecían cada vez más cerca. Ese mismo enero, el número de miembros del partido nazi holandés aumentó. Había cada vez más disturbios en las calles, y los hombres judíos eran golpeados y arrestados sin motivo. Los judíos comenzaron a reunirse en secreto y la gente era cada vez más prudente. Podían arrestarte por cualquier cosa, y las reglas cambiaban y se volvían más estrictas día a día.

No se puede predecir el futuro, y por entonces era imposible sospechar que, cuando terminara la guerra, los Países Bajos tendrían el mayor porcentaje de judíos asesinados de todos los países de Europa occidental.

Otto y Edith decidieron ocultar a sus hijas las inquietantes noticias de lo que estaba ocurriendo, pero sus conversaciones se filtraban a través de las paredes. En apartamentos como el suyo, las discusiones resonaban. Ana entendía que ese año nuevo era diferente a todos los que había conocido, pero solo tenía doce meses… ¿Y si el siguiente fuera mejor? Quería ser como Pim, siempre tan positivo. Muchas veces lo lograba y seguía con su vida, pero cuando se apagaban las luces y estaba en la cama, todavía le parecía ver a la polilla negra en un rincón de su cuarto. ¿Qué la mantenía viva? ¿Bebía agua del grifo del baño? ¿Deshacía jerséis y bufandas y se alimentaba de hilos de lana? ¿Anidaba en el techo, tan silenciosa que su inquilino no la veía? Ana levantó la mano para ver si la polilla se acercaba, pero ya había desaparecido. Por supuesto, debió imaginarlo, estaba segura; esas criaturas no existían, las polillas nunca eran tan grandes como un murciélago, no esperaban en el armario ni debajo de tu cama.

De todos modos, Ana dormía con la cabeza bajo las mantas y su respiración era suave, como si siguiera escondiéndose, incluso en sueños. Era como cientos de otras chicas de su edad en los Países Bajos: le asustaba lo que podía encontrarse al despertar. Ya no pensaba en California; parecía demasiado lejano. En ese instante lo consideraba un lugar de cuento de hadas, no un destino real en que las personas iban de compras y podían salir de casa cuando quisieran sin miedo a la policía alemana. Ella estaba allí, no en otro sitio. Estaba en su cuarto, en su cama, viviendo la única vida que tenía. Decidió esperar hasta que la situación mejorara para pensar en el futuro. Por la mañana, la luz del sol sería lo suficientemente brillante como para derretir la nieve del alféizar de las ventanas, y todo lo ocurrido en la oscuridad no parecería más que una pesadilla.

CAPÍTULO SEIS

LAS HERMANAS SE DESPERTARON TEMPRANO PESE A SER DOMINGO, día en que, por lo general, dormían hasta más tarde. Era el 16 de febrero, Margot cumplía quince años.

—¿Te sientes diferente? —le preguntó Ana.

Margot rio con suavidad.

—No, para nada. ¿Se supone que debo hacerlo?

—¡Por supuesto! Todos los años debes sentirte diferente.

Margot parecía adulta, era casi una mujer, y había decidido dejar atrás las tonterías, como las fiestas, pero Otto y Edith decidieron ofrecerle la mejor celebración que pudieran. Su hija mayor, brillante y obediente, siempre daba lo mejor de ella misma y nunca pedía mucho a cambio. Merecía ser feliz, a pesar de las circunstancias, al menos durante una tarde. A Margot le encantó la fiesta y se emocionó con sus regalos. Pim tenía la tradición de regalar a sus hijas un poema o una carta de cumpleaños escritos por él, y ese año no fue una excepción. «En este, tu día —escribió—, te deseamos felicidad en demasía».

—Tenías razón —dijo Margot a Ana mientras lavaban los platos después del almuerzo—. Me siento diferente.

Margot tenía los ojos llenos de lágrimas, y Ana no podía entender por qué le daba pena crecer. Era todo lo que ella deseaba.

—Crees que lo deseas hasta que llega el día —dijo Margot—. Hay muchas cosas que nunca volveré a hacer.

—Cosas infantiles y tontas. Ahora tienes toda la vida por delante —le aseguró Ana.

Cuando Margot miró a su hermana, sus ojos oscuros y cariñosos brillaron con compasión, y Ana se sintió tonta sin saber exactamente por qué.

—¿Qué crees que me espera ahí fuera? —preguntó Margot.

—¡Todo!

Sus padres estaban en el salón y discutían por el dinero que Otto había gastado en regalos y libros.

—¿Crees que puedes arreglarlo todo con regalos? —oyeron decir a su madre.

Margot se volvió para abrazar a Ana, aunque tenía las manos mojadas.

—Espero que siempre tengas razón —susurró, y Ana también la abrazó, aunque podía sentir que la oscuridad las envolvía en el abrazo. «Crezcamos y seamos las que queremos ser —pensó—. Salgamos y descubrámoslo todo. Veamos las estrellas, los planetas y países muy lejanos. Seamos mujeres, seamos hermanas, celebrémoslo siempre».

***

Una semana después del cumpleaños de Margot hubo disturbios en una heladería llamada Koco, lugar de encuentro de los judíos, donde los refugiados bebían café y hablaban de política. Ya había habido revueltas antes, pero esa fue diferente, más brutal, y sus consecuencias se prolongaron en el tiempo. Tras el acoso de una pandilla de nazis holandeses a los propietarios y clientes, y los daños al establecimiento, llegó la policía alemana. Los judíos previeron el ataque y se prepararon para la pelea, pero esperaban que se presentaran las autoridades holandesas, no la feroz policía alemana, que llegó para reducirlos a toda costa. Los días previos habían sido de violencia indiscriminada, y en ese instante todo había estallado.

Como represalia, más de cuatrocientos hombres judíos fueron arrestados al azar y luego deportados a Mauthausen, un campo de concentración tan inhumano que solo sobrevivieron dos de las personas detenidas ese día.

—Esto es una locura —declaró Edith al enterarse de los arrestos—. Eres un hombre bueno; no tienen motivos para detenerte —dijo a su esposo.

Ana y Margot se tomaron de la mano, pero no se miraron.

—Chicas, no os preocupéis —dijo Pim en voz baja—. Vuestra madre tiene razón; estaremos bien.

De todos modos, esa noche las hermanas durmieron en la misma cama, sabiendo que había niños judíos en toda la ciudad que habían perdido a sus padres y hermanos.

***

Tras la noche de los disturbios, las puertas a la violencia indiscriminada se abrieron de par en par. Lo que ha sucedido una vez puede volver a ocurrir aunque cierres las puertas con llave, aunque seas honesto y justo y obedezcas todas las reglas. Las normas cambian, se rompen con tanta facilidad que parecen de papel o hilo. Atacaban a los judíos a diario. Los tiraban de la bicicleta o los golpeaban mientras caminaban por la calle. En esos días, los niños alzaban los ojos al cielo y no podían ver el sol. Ana se sentaba en la azotea siempre que podía, y allí, por encima de las calles de su barrio, imaginaba otros mundos y pensaba en las historias que Pim tantas veces les había contado a ella y Margot, en las que la gente buena era recompensada y los malvados sufrían y nunca ganaban. A veces, ni siquiera se daba cuenta de que una polilla aterrizaba a su lado. Ya no había solo una, y no aparecían únicamente en la oscuridad, en los rincones donde nadie se molestaba en mirar.

En ese momento ya estaban por todas partes.

***

Otto recurrió de nuevo a su viejo amigo Charley Straus. Había prometido ayudar a la familia Frank, y Pim contaba con él. Por suerte, era un hombre de buena reputación, con voz y voto en el Gobierno de Estados Unidos. Los dos amigos seguían en contacto, pero incluso a Straus, alguien muy bien posicionado, le costaba ayudar a Otto. Había un cupo de inmigrantes para entrar en su país, independientemente de su religión; si se superaba, no podía entrar nadie más, sin importar lo horribles que fueran sus circunstancias. Años atrás, un barco de refugiados judíos provenientes de Alemania había sido rechazado en La Habana, Cuba; el Gobierno de Estados Unidos también se negó a permitir su entrada, aunque sabía que muchos de los pasajeros volverían a una muerte segura en Europa. Ningún país los quería. En 1938, Pim solicitó al consulado estadounidense de Róterdam los visados para emigrar, pero la información que envió fue destruida. Ese año se celebró una conferencia en Evian, Francia, y aunque todos los países representados mostraron compasión por la difícil realidad de los judíos que huían de la persecución nazi, la mayoría, incluido Estados Unidos, rechazó la entrada de refugiados. En 1939, la lista de espera para inmigrar a ese país estaba formada por más de trescientos mil nombres.

La pérdida de los documentos oficiales de Otto durante el bombardeo de Róterdam, necesarios para emigrar de forma legal, fue un buen varapalo; el tiempo se estaba agotando. A veces parecía que ya fuera tarde, como si todo se desvaneciera en la oscuridad tan rápido que las horas se convirtieran en minutos y las semanas no durasen más de un día. Salir de Europa era cuestión de vida o muerte.

«No nos queda mucho tiempo. Nos persiguen. Sé que puedes hacer esto por mí, por mi familia, y estaré eternamente en deuda contigo».

—Charley nos llevará a Nueva York —oyó Ana que su padre le aseguraba a su madre después de escribir a su amigo—. Es cuestión de tiempo.

—¿En serio? ¿Aún crees que es posible? Entonces, ¿dónde están los billetes? —quiso saber Edith—. ¿Cuánto tiempo podremos esperar? —Ya no estaba segura de nada—. No tenemos el dinero necesario. —Necesitaban miles de dólares para pagar el visado de cada miembro de la familia, además del viaje, y no lo tenían—. Pronto será imposible.

—¡Lo lograremos! —insistió Otto—. Charley conoce a personas importantes en Washington. Y tus hermanos harán una petición por nosotros.

Los hermanos de Edith vivían en Massachusetts, y eso era bueno, ya que, si querían entrar en Estados Unidos, un pariente cercano debía estar dispuesto a responder por ellos y garantizar que les darían casa y trabajo a su llegada. Sin embargo, no tenían recursos para mantener a su hermana y su familia. Además, ¿quién iba a pagar los costes de emigración, ridículamente altos, de casi cinco mil dólares por persona? Una vez hecho eso, los visados debían procesarse, sellarse en el consulado estadounidense de Róterdam y enviarse. Ana conocía bien a su padre; desde el pasillo, podía oír su voz dubitativa mientras discutía con Edith. Cuando Pim se dio la vuelta y comprendió que su hija menor había oído una conversación que no debía, exclamó en un tono que pretendía ser más alegre:

—¡No hay de qué preocuparse, lo solucionaremos!

Sin embargo, si era verdad, ¿por qué la voz de Pim no sonaba como siempre? ¿Por qué Ana percibía tanto miedo en sus palabras?

—Iremos a Nueva York o Boston —prometió su padre—. Es cuestión de tiempo.

—¿Y después a California? —preguntó Ana en un susurro.

Esa es la forma en que se dicen las cosas cuando ya no crees en ellas.

—Después, adonde se nos antoje —respondió Pim.

Su querido padre, siempre tan bueno y generoso, que creía en lo mejor de la gente, no podía mirar a su hija por miedo a que viera la verdad en sus ojos. De todos modos, Ana la percibió. No había ninguna garantía. .

—Eso espero —añadió Pim.

Nadie podía discutírselo. La esperanza era lo único que les quedaba.

***

En abril de 1941, Otto Frank escribió a su amigo Charley Straus, en Nueva York. «No te lo pediría si las condiciones actuales no me obligasen a hacer lo posible por evitar algo peor —rogaba Pim—. Tenemos que velar por el bien de las niñas. Nuestro destino no es tan importante».

Sin embargo, Charley se encontraba en Washington D. C., y no recibió la carta de Otto tal como llegó a Estados Unidos. En cuanto la tuvo en sus manos, Charley y la familia de Edith hicieron lo posible por ayudarles. Pim siguió intentando averiguar cómo obtener los visados que les permitirían salir de los Países Bajos. Parecía que nunca se detenía. A menudo estaba demasiado ocupado para charlar o leer alguno de sus libros favoritos. El proceso era cada vez más difícil. Pronto hubo cambios en el reglamento estadounidense que implicaron más papeleo.

***

El tiempo fue pasando. Pim había empezado a perder la esperanza, aunque seguía ocultando a sus hijas el miedo que sentía. A menudo, durante la cena, hablaban de lo que harían cuando desembarcaran en Estados Unidos, aunque Otto se preguntaba cuándo sería eso, si alguna vez llegaba a suceder. Hacían listas y discutían sobre si debían ir a Massachusetts, donde vivían los hermanos de Edith, o Nueva York, la ciudad que Pim conocía tan bien.

—La primera parada será en los grandes almacenes Macy's —insistía.

Parecía que nada había cambiado para la familia, pero una mañana, mientras todos dormían, Ana oyó que su padre lloraba detrás de una puerta cerrada, como hacía Oma a veces cuando pensaba que no había nadie en casa. Estaba en el baño, con el grifo abierto para tapar sus sollozos. Ana se sentó en el pasillo, en medio de la oscuridad, y después no le preguntó nada a su padre, pero supo la verdad. Así era como conocías el mundo del que tus padres creían estar protegiéndote. Lo descubrías por tu cuenta. Mirabas y veías qué había detrás de todo lo que te decían. Ana sabía que su madre había escondido, en un bote bajo el fregadero, sus pendientes de oro y un collar que le habían regalado cuando cumplió los dieciocho años. No era algo que hacías si te sentías segura en casa, si tenías fe en el futuro. Su padre, convencido de que el bien triunfaría, había perdido la esperanza. Se había desvanecido, y ya no podía hacer nada por recuperarla. Todo estaba cambiando, paso a paso, como un lobo que caminaba por el bosque, en silencio, entre las sombras, solo en la oscuridad.

***

Fue un año de puntos y aparte, de finales y pérdidas, un tiempo en que había que pensar rápido, una época en que era mejor apreciar las pequeñas cosas, las que podías perder en el futuro, las diminutas alegrías de la vida, la luz del sol, un gato negro, un libro para leer por la noche en la cama. Pim permanecía sentado en su sillón durante horas; ya no leía sus novelas favoritas. Por la tarde se quedaba en silencio y, cuando llegaba a casa del trabajo, parecía exhausto. Ana se dio cuenta de que sus padres ya no discutían. Pero una noche la niña bajó las escaleras con sigilo y vio que sus padres estaban en la cocina bebiendo té, sin hablarse. Eran dos fantasmas en la misma habitación, dos personas que ya no tenían nada que decirse. En ese momento se dio cuenta de que, a veces, el silencio es peor que una discusión.

***

La vida se empequeñeció. La gente dejó de hablar sobre el futuro. Bastaba con intentar superar el aquí y ahora. Cuando eras un paria, solo hablabas con personas a las que conocías; te aislabas. Te asegurabas de susurrar cuando estabas fuera, o de no decir nada. Las chicas bonitas parecían feas; usaban ropa gris e iban sin maquillar, y no levantaban la mirada cuando pasaban junto a los soldados. Las mujeres dejaban a sus bebés solos en la casa en vez de llevarlos por la calle, donde se los podían arrancar de los brazos. La gente esperaba las próximas leyes contra los judíos como los agricultores aguardan la borrasca. Sabías que se avecinaba, como si el viento viniera del este e intuyeras que pronto comenzarían a caer ráfagas de lluvia, pero no cuándo llegaría la tormenta. Quizá pasase de largo; esperabas que fuera así, hasta que perdías la esperanza. Tal vez te salvarías de lo que vendría, aunque cada vez lo vieras más cerca.

Ana estaba sentada en las escaleras cuando lo vio venir. Aquel día se dio cuenta de que lo que necesitaban no era esperanza, sino valentía. Una pequeña tormenta, un anuncio de desastre, un presagio de lo que fue y de lo que estaba por venir. Era un día de primavera, y había una bruma verde por los jardines que empezaban a florecer. A pesar del tiempo caluroso, parecía que la tormenta había caído del cielo al césped. Ana pensó que lo que veía era una nube de polillas negras en la plaza, justo al cruzar la calle, pero era un niño que buscaba un lugar por el que escapar. Un estudiante judío que iba andando a su casa hasta que, de pronto, fue rodeado por un grupo de niños holandeses. Tenía ocho o nueve años, y Ana no sabía cómo se llamaba. Sin embargo, lo reconoció. Le pareció haberlo visto con su padre en la heladería. Era más pequeño que los que lo rodeaban. Llevaba una mochila con libros y un sombrero que probablemente fuera de un hermano mayor o de su padre, ya que le iba grande y le tapaba los ojos.

—¡Hemos cazado a un judío! —gritaron los niños mientras lo rodeaban.

Eran rubios e iban vestidos con uniforme escolar. Algunos eran mayores que Ana; otros, adolescentes junto con sus hermanos pequeños. Buscaban problemas, y habían encontrado uno. Los colegiales holandeses estaban rodeando al chico del sombrero, y se acercaban cada vez más. Hacía tanto calor que parecía verano. La madre del niño judío debió haber temido que se resfriara. «Ponte el abrigo, por si acaso», le habría dicho. Sin duda, lo amaba más que a su propia vida. Las hojas de los gigantescos olmos de la ciudad reverdecían. Alguna vez la gente había ido allí procedente de lugares de los que había que huir, donde había muerte y destrucción, donde a algunas personas no se las consideraba humanas. Seguía siendo la misma ciudad, pero en ese momento casi se podía ver el inframundo bajo la hierba, las llamas ardientes, el hollín y el calor.

Ana miró al niño y este la observó desde la distancia que los separaba. Vivían en un país sin pájaros, donde no había leyes que los protegieran, donde ya no era posible ser niño. Esa vida se había terminado. Era ya imposible. Ana y el niño no se conocían, pero no importaba, se entendieron a la perfección. Había miles de niños desprotegidos en todos los barrios y las calles de la ciudad; estaban en el campo, en las calles que conducían al mar. Aunque nadie los viera, aunque las personas de otros países vivieran como si el mundo siguiera siendo el mismo, sabían la verdad. Incluso los niños comprendían qué había sucedido. Nadie iba a protegerlos si no cuidaban unos de otros.

Cuando Ana le gritó al niño que corriera, fue exactamente lo que él hizo.

LO QUE PERDIMOS

En enero, todos los judíos ya se habían registrado ante el Gobierno. Si caían bombas, no éramos bien recibidos en los refugios antiaéreos. Nos escondíamos en los sótanos, donde había ratas. Nos obligaban a llevar documentos marcados con una «J». No se nos permitía ir en coche cuando perdíamos a un familiar, y debíamos caminar hasta el lugar donde se celebraba el funeral. Hacíamos el duelo en las calles. Llorábamos delante de todos.

El Consejo Judío se creó para preservar el orden; creían que hacían lo correcto y que obedecían, y no se daban cuenta de que los alemanes podían seguirnos la pista a través de ellos. Decían que el objetivo era preservar el orden, pero lo cierto es que así nos encontraban con más facilidad si querían arrestarnos.

Los residentes judíos se registraron ante el Gobierno con nombre, edad y dirección. Eran bebés en brazos de sus madres, niñas y niños guapos, los mejores alumnos de la clase. Hacíamos cola, con la mirada baja.

La gente nos ponía nombres que jamás habíamos oído, pero pronto supimos que todos significaban «judío». No éramos nada para esas personas, ni siquiera seres humanos.

Nuestros padres lloraban delante de nosotros.

Nuestras madres decían que deberíamos habernos marchado mucho tiempo atrás.

Pero ¿adónde ir? Ningún país nos acepta. Nadie quiere recibirnos.

La gente que nos odia tiene listas con nuestro nombre y dirección.

Lo saben todo sobre nosotros.

Creemos que es una historia que ya hemos leído en los cuentos de hadas.

Creemos que no pasará mucho tiempo antes de que debamos escondernos.

CUARTA PARTE

El mundo y el inframundo
Ámsterdam, junio de 1941 – febrero de 1942

Había duendes malvados que parecían hombres apuestos, y niñas que habían derramado tantas lágrimas que ya no podían abrir los ojos. Había mujeres que soñaban que se convertían en flores, y flores que se convertían en polvo cuando intentabas cogerlas. Las personas buenas se escondían entre la oscuridad, y espiaban a través de las rendijas de las puertas.

Se suponía que debían quedarse dentro, y la hermana mayor obedecía, pero la menor subía a la azotea a altas horas de la noche. Deseaba ser un pájaro. Quería volar lejos, así que extendió los brazos y el viento la levantó. El cielo estaba tan oscuro que apenas veía, solo lo suficiente: había monstruos que recorrían el vecindario, se sentaban en sus escalones, esperando a que se despertaran y salieran.

CAPÍTULO SIETE

En el verano de 1941, Oma enfermó de gravedad. Estaba pálida y exhausta, y a menudo se negaba a comer. Ella insistía en que no le pasaba nada. «Estoy bien, no me preguntes más, no te preocupes por mí». Pero Ana oía los gemidos de su abuela en mitad de la noche. Cuando no había nadie en casa, Oma se sentaba en una silla del comedor. Miraba por la ventana y lloraba, aunque sabía que era demasiado mayor para llorar. Era abuela, y el llanto debía reservarse para los niños y las mujeres con el corazón roto; sin embargo, ella tenía sus razones. Estaba enferma, lo sabía, pero había tragedias más importantes a su alrededor, tan enormes que su vida y su muerte le parecían insignificantes. A esas alturas, estaba segura de que lo que había sucedido en su país estaba ocurriendo allí. Podría haber respondido a la pregunta de Ana acerca de qué les depararía el futuro, pero su nieta no había vuelto a preguntárselo. Hasta los niños sabían que vivían en un mundo en el que era peligroso hacer preguntas. Si lo hacías, podías obtener respuestas.

Aunque Oma no expresaba sus miedos en voz alta, su terror se manifestaba de diferentes maneras. Hablaba en voz muy baja, casi inaudible, no podía dormir, ni siquiera pestañeaba, las raciones que comía durante la cena eran tan pequeñas que habrían alimentado a un pájaro. Estaba demasiado agobiada por el dolor de lo que podría suceder como para advertir que su nieta la observaba en silencio desde el pasillo, y empezaba a comprender todo lo que su abuela no era capaz de decir.

Oma se debilitó tanto que Pim insistió en llevarla al hospital.

—Estoy bien —dijo ella. Siempre había ocultado su dolor y sus preocupaciones—. No me hagas caso.

Llamaron a un médico que, antes de que llegaran los nazis, era conocido y respetado, pero en ese momento solo le permitían atender a pacientes judíos. Se le consideraba uno de los mejores de la ciudad, pero parecía haber envejecido diez años. Cuando el doctor iba de casa en casa a visitar a sus pacientes, no se atrevía a llevar su maletín por miedo a que lo detuvieran y lo interrogaran. En vez de eso, escondía el estetoscopio y el termómetro, junto a vendas y gasas, en los bolsillos del abrigo. A veces lloraba por todo lo que había visto, sabiendo que lo peor estaba por llegar. Había sido testigo de la brutalidad alemana, hombres apalizados, mujeres secuestradas, personas con miedo a pedir nada, incluso la visita de un médico.

El doctor examinó rápidamente a Oma. Cuando la familia vio el ceño fruncido en su rostro comprendió que el diagnóstico no era bueno. La mujer había estado guardando secretos. La sangre que escupía al toser. El dolor en el pecho que la dejaba sin aliento. El médico sacudió la cabeza y guardó el estetoscopio.

—Debemos irnos ya —dijo a Pim—. Necesita tratamiento urgente.

De inmediato, abrigaron a Oma, pues sentía frío incluso en verano. Ella les pidió que no se molestaran, y dijo que lo único que necesitaba era dormir bien por las noches, una taza de té y un poco de sopa.

—Esto es completamente innecesario —insistió, pero la llevaron al hospital judío, donde la operaron ese mismo día.

Si era cáncer, nadie lo dijo. Cuando la familia fue a recogerla, le llevó flores, unos claveles pálidos que eran un tesoro. «Le encantarán —se dijeron—. Las flores le recordarán la belleza del mundo», afirmaron mientras esperaban de pie en el pasillo, tan abarrotado de enfermos que algunos yacían en camillas sobre el suelo.

El médico los recibió en el vestíbulo, fuera del quirófano. Tenía una expresión vacía en el rostro, una que había perfeccionado durante sus muchos años de comunicar malas noticias a los familiares. Nunca mencionó la palabra «incurable», pero pudieron leerla en su mirada. Hacía ya mucho tiempo que el doctor sabía que no había que buscar la esperanza en el mundo. Era necesario ser valiente, afrontar lo que les deparara el futuro. Por las noches se sentaba a recordar a personas que ya no estaban vivas. Tenía un cuaderno en el que anotaba las últimas palabras que sus pacientes le habían confiado.

Hacía frío en el pasillo del hospital, y la familia Frank se arrimó para darse calor. Las hermanas desearon llevar puestos sus gorros y guantes.

—El descanso es lo mejor para ella —les comunicó el médico.

En cuanto Edith lo oyó, rompió a llorar. Comprendió que les estaba diciendo que no podían hacer nada más por su madre.

Después de que Oma volviera a casa, Ana solía sentarse junto a la cama de su abuela, en el comedor, para leer el libro de mitos. A veces, cuando estaban solas, le contaba una de sus historias, que había escrito con tinta invisible en su imaginación. Quizá algún día las escribiría, pero por el momento cobraban vida cuando se las contaba a su abuela. Quería transportar a Oma a un mundo donde todo era posible, incluso para una anciana a la que le costaba respirar, que ya no podía salir de la cama sin ayuda. Ese día le contó a su abuela una historia sobre un mundo en el que todas las personas tenían buen corazón.

—Esa eres tú —declaró Oma—. Eres tú la que hará bien al mundo.

—No. —Ana se echó a reír—. Oma, no puede ser. Soy egoísta y grosera. Todo el mundo lo dice.

—Pues se equivocan. Soy tu abuela y sé quién eres. —Se enfadaba cuando Ana hablaba mal de sí misma—. Siempre has sido especial. No los escuches cuando te digan que tienes que ser como los demás.

Allí sentada junto a su abuela, Ana se preguntaba qué hacía la gente cuando perdía a sus seres queridos. ¿Cómo lograban reponerse de su pérdida? ¿Abandonaban toda esperanza, o llevaban en el corazón a los que amaban? Quería ser la persona que Oma creía que era. Quería hacer el bien en el mundo. A menudo sostenía la mano de su abuela, a la espera de que se durmiera, y eso hizo en ese momento. La piel de Oma parecía muy fina, como si estuviera desapareciendo. ¿Qué haría sin ella? ¿Quién en el mundo sabría quién era realmente? Pero mientras su abuela se dormía, le dijo a Ana que no se preocupara, que la amarían siempre.

**

El miedo no se expresaba con palabras, pero lo impregnaba todo. Otto se sentó en la plaza para llorar a solas. Se culpaba por no haber enviado a sus hijas a Inglaterra cuando tuvo ocasión. Escribía una carta tras otra, intentando sacar a su familia de los Países Bajos. Ese día llegó correspondencia de Charley Straus.

—¡Por fin! —Pim estaba eufórico y agitó el sobre en el aire, como si fuera un tesoro—. ¡Chicas! —gritó, llamando a sus hijas—. ¡Ha llegado!

Era la carta que habían estado esperando, la posibilidad de irse lejos de allí, lo más lejos posible. Straus se había comunicado con el Servicio Nacional de Refugiados, y les informaba de que estaban a punto de enviarles la documentación para sus visados.

Pim tomó de la mano a sus hijas y bailaron entre risas. Por fin, parecía feliz de nuevo.

—Nueva York —dijo Margot.

—¡California! —exclamó Ana, recordando sus sueños del océano, los amplios bulevares y una vida que parecía lejana, sueños que no tenía desde hacía mucho tiempo.

—Te dije que nos ayudaría —dijo Otto a su esposa.

—¿Y por qué no iba a ayudarnos? —preguntó Edith—. Todo el mundo debería ayudarnos, pero nadie lo hace.

Cuando Margot se fue a dormir esa noche, vio que Ana había sacado la maleta y ya estaba empaquetando sus cosas. Por primera vez en mucho tiempo se sintieron afortunadas, jóvenes de nuevo.

—Aún no nos han dicho cuándo nos vamos. ¿Cómo sabes lo que necesitarás? —preguntó.

—Me lo llevo todo —respondió Ana.

—Quizá deberíamos dejarlo todo y comenzar de nuevo.

Ana rio, y aceptó con rapidez:

—¡Sí, todo será completamente nuevo!

Bailaron, saltando en las camas, volando casi de un lado a otro de la habitación. En cuanto llegaran los papeles, esperaban no volver a ver su dormitorio ni la calle en la que vivían.

***

Cuando Ana cumplió los doce años no celebraron una gran fiesta. El apartamento se mantuvo en silencio para que Oma pudiera descansar. En ese momento era una casa de susurros: se sentaban a cenar en la cocina en silencio, se iban a dormir temprano, cuando todavía había luz, y permanecían dentro, aunque los parques comenzaban a reverdecer. Margot abrazó con fuerza a Ana cuando vio lo desilusionada que estaba porque no lo celebrarían. Se sentaron en la azotea; Ana deseaba bajar y estar en cualquier otro sitio menos allí.

—El próximo cumpleaños será mejor —dijo Margot—. Hay que recordar cómo era antes; así volverá a ser. No te preocupes: todo está a punto de cambiar.

Sin embargo, Ana soñaba con ogros; miraba bajo la cama, temerosa de irse a dormir. Le parecía que los árboles del otro lado de las ventanas susurraban a altas horas de la noche, cada rama llena de espinas. Imaginaba que unos hombres trepaban por las ventanas para secuestrarlas y llevarlas al bosque de huesos, un sitio del que nunca se volvía. Pensaba en la Alemania, Austria y Polonia ocupadas, donde había cuerpos enterrados en enormes fosas sin nombre, donde las casas se vaciaban de todos los que alguna vez habían vivido allí. Por toda la ciudad, había niños que soñaban lo mismo que ella; cuando se veían por la calle, sabían que todos deseaban volar; así, nadie los atraparía jamás. Se posarían en los árboles y dormirían allí, lejos del mundo que los rodeaba, en un sitio donde no hubiera monstruos bajo la cama que esperaran a que cerraran los ojos.

—Debemos seguir intentando escapar —decía Otto.

Sus palabras eran optimistas, pero él parecía abatido. Ana y Margot vieron la expresión en el rostro de su madre cuando salió de la habitación. No había dicho ni una palabra. Edith tapó el reloj del salón con una servilleta de tela; no quería saber el poco tiempo que les quedaba. Ana la vio sentada en su cama, sin hablar, sin discutir. A menos que la niña estuviera equivocada, su madre estaba llorando en la oscuridad. Ana se acercó y se sentó a su lado, pero Edith siguió sin decir nada. Creyó que iba a ignorarla, pero su madre la tomó de la mano y permanecieron allí sentadas, juntas, aguantando lo mejor posible.

***

Finalmente, Otto recibió noticias de su amigo Charley Straus, en Nueva York. «He presentado el caso de tu inmigración a este país ante el Servicio Nacional de Refugiados. También lo he discutido con los funcionarios del Departamento de Estado, ya que me gustaría mucho ayudarte. Me temo que no tengo buenas noticias». Sin acceso a un consulado estadounidense, los Frank no podrían viajar a Estados Unidos. El de Róterdam había cerrado el 30 de junio, y ya no extendían más visados.

Todos aquellos intentos y fracasos provocaron que Otto se encerrase en su habitación. Ana se sentó en el pasillo con las piernas encogidas. La urraca estaba en su nido, allí, a plena vista de todos. «No es seguro», pensó, y esa idea la hizo llorar. Margot había estado leyendo en su habitación; cuando salió y vio a su hermana, se sentó a su lado en el suelo.

—Todos lloramos a veces —susurró Margot. Tomó la mano de Ana y entrelazaron los dedos—. Incluso los padres.

Era verdad, las dos lo sabían, pero no las hizo sentir mejor, allí sentadas en el pasillo.

—¡Vamos! —exclamó Margot.

Se pusieron de pie y corrieron hacia el balcón, donde el sol brillaba tanto que tuvieron que taparse los ojos, y las hojas de los árboles eran tan verdes que podrían haber estado en cualquier otro lugar.

***

Por fin hubo un día en que se pudo celebrar un auténtico acontecimiento alegre. Miep iba a casarse, y era como si lo hiciera un miembro de la familia Frank. Le prometió a Ana que sería la dama de honor, y le confió que la boda sería pronto. Necesitaba casarse con su prometido holandés si quería quedarse en Ámsterdam, ya que, aunque no era judía y vivía con una familia de acogida holandesa desde los once años, había mantenido su nacionalidad austríaca y seguían considerándola inmigrante. La oficina de inmigración debía sellar su pasaporte cada año o se arriesgaba a que la expulsaran del país. Miep había jurado no volver jamás a Viena; estaba indignada con Hitler y sus políticas antisemitas, y había tomado la decisión de quedarse en Ámsterdam con su familia de acogida y sus queridos amigos, aunque mucho de lo que ocurría a su alrededor era cada vez más inquietante. Incluso le habían pedido sumarse a un grupo de apoyo nazi formado por mujeres, y le sorprendía la capacidad de algunas personas para pasar por alto la brutalidad que les rodeaba. Sin embargo, por haberse negado, el consulado alemán le retiró el pasaporte, y ni siquiera la oficina de inmigración, que antes era muy servicial, pudo ayudarla. La única posibilidad era casarse con Jan, algo de lo que llevaban hablando desde hacía mucho tiempo. En cuanto se celebrase la boda, Miep sería considerada ciudadana holandesa. El 16 de julio habría una ceremonia tranquila, íntima pero alegre. A Ana, todas las bodas le parecían románticas y estaba emocionada porque la habían incluido en la planificación. Miep y ella se sentaron en lo que había sido la oficina de Otto e hicieron listas.

—Primero, la comida —sugirió Miep.

Ana no estuvo de acuerdo con la idea que tenía ella sobre los preparativos; cuando se trataba de una boda, había algo más importante que la comida.

—¡Primero, los vestidos!

Ana fue con su madre a elegir el suyo en la tienda de una costurera judía.

—Le he hecho algunos arreglos —dijo la modista.

El vestido tenía botones de nácar y un dobladillo de encaje. Era tan bonito que hasta su madre lo aprobó. Volvieron a casa caminando; Ana llevaba el vestido con mucho cuidado, ya que era un tesoro y un privilegio tener algo tan bonito.

—No lo estropees —observó Edith—. La tela se mancha con facilidad.

Ana recordó lo que le había dicho su hermana: su madre se preocupaba por ellas.

—Gracias —dijo—. Nunca olvidaré este vestido.

Edith miró a su hija; Ana rebosaba felicidad. Se merecía ese vestido y mucho más; se lo merecía todo. Su madre hizo lo posible por no llorar.

—Yo tampoco lo olvidaré nunca —dijo.

***

Miep y Jan se casaron en el ayuntamiento, acompañados por toda la gente que los quería y les deseaba lo mejor. Algunas personas eran leales en todo momento, y su valentía sería mayor de lo que nadie hubiera imaginado, ya que Miep y Jan estaban decididos a que nada pudiera influir en su amistad con los Frank. Ana asistió a la boda con su padre; su madre se quedó en casa con Margot, que no se encontraba bien. Además, no quería dejar sola a Oma, que ya llevaba mucho tiempo muy enferma. Ana se había puesto un abrigo ligero sobre el vestido nuevo, y un sombrero a juego decorado con una cinta. Todo el mundo estaba nervioso y emocionado mientras caminaban hacia el ayuntamiento. Al día siguiente, todos asistieron a una pequeña recepción en la oficina de Pim; incluso Margot, que se encontraba mucho mejor, estaba allí con su vestido azul. Había bandejas llenas de comida, más de la que habían visto en mucho tiempo. Alzaron las copas para brindar por la felicidad de la joven pareja. ¡Era tan bonito tener algo que celebrar! Miep y Jan estaban muy enamorados, eso era evidente. Ana les entregó el regalo que la familia y los compañeros de trabajo habían encontrado para los recién casados: una bandeja de plata que a Miep le encantó.

Hubo copas de vino y pastel, y contaron anécdotas de otras bodas que los hicieron reír. Hubo una vez una novia que se casó con el hombre equivocado porque era tan vanidosa que no quiso llevar gafas. En otra ocasión, un novio estaba tan nervioso que olvidó ponerse el traje y llegó a su boda vestido solo con el abrigo. Después de un rato, Ana salió a tomar aire. Observó la luz verde que se filtraba entre las hojas de los árboles. Se preguntó cómo sería estar enamorada, saber que habías encontrado lo que su abuela llamaba tu *bashert*, tu alma gemela, la persona con la que estabas destinada a estar.

Margot había estado buscando a su hermana, que había desaparecido sin llamar la atención, y pronto la siguió. Las dos necesitaban un descanso de las historias de los adultos sobre propuestas de matrimonio y fiestas. Las hermanas se quedaron juntas, pensando en el amor. Ambas se preguntaron si alguna vez se casarían, si sus bodas serían grandes fiestas o reuniones íntimas, si se pondrían un vestido blanco y un collar de perlas, si aún existiría el amor en el de mundo en el que vivían en ese momento.

—Cada vez que miro a un chico, mamá me pregunta si voy a casarme con él —dijo Ana.

—Solo quiere asegurarse de que tengamos un futuro —explicó Margot a su hermana.

—Yo elegiré mi propio futuro.

—Yo también —replicó Margot con voz firme.

Los judíos ya no podían formar parte de los equipos de remo, y las chicas del grupo de Margot que no eran judías se negaron a aceptar a su entrenador cuando prohibieron entrenar a sus compañeras. Desde entonces, Margot parecía diferente; en ese instante, Ana se sorprendió al ver lo segura de sí misma que sonaba. Por lo general, siempre se esforzaba por complacer a sus padres.

—¿Tienes algo en mente? —preguntó Ana, pues no imaginaba que Margot fuera capaz de rebelarse.

—Quizá quiera ir a Jerusalén. —Miró a su hermana—. Allí está mi futuro. Pero no se lo digas a mamá.

Las dos sabían que su madre no estaría de acuerdo: Jerusalén estaba a un mundo de distancia, demasiado lejos, y hacía mucho calor.

—Quiero ser enfermera de niños o comadrona —declaró Margot a su hermana.

—¿De verdad?

En aquel momento, fue como si Ana no la conociera. Eran dos extrañas mirando los árboles, con secretos que nunca habían contado a nadie, que ni siquiera habían expresado en voz alta. Podían ver la fiesta a través de la ventana. Miep parecía muy feliz, y se merecía toda la felicidad del mundo. Quizá algunas cosas eran justas. Tal vez a las personas buenas no se las despojaba de todo. Las hermanas se acercaron aún más bajo la pálida luz verde.

—Quiero traer vida a este mundo —dijo Margot—. Una por cada vida que nos arrebataron.

Los nazis querían aniquilar a su pueblo, y su hermana quería justo lo opuesto. Traer nueva vida al mundo sería un milagro diario.

—Quieres hacer algo de la nada —observó Ana.

Así era como se sentía ella cuando inventaba sus historias. Margot, sorprendida, respondió:

—Exacto.

Si en algún momento se conocieron las hermanas fue justo en ese, de pie bajo los árboles, escondidas de los adultos y del resto del mundo, haciendo lo posible por tener fe en el futuro, deseando que ese día no terminara, agradecidas por esas horas dedicadas al amor. Cerca de ellas crecían rosas rojas que habían plantado en el exterior de una fábrica. Ana se dio cuenta de lo importante que era ser valiente en un mundo en el que costaba aferrarse a la esperanza. La gente dormía en armarios. Escapaban en botes que no estaban en condiciones de navegar.

—Pidamos un deseo —propuso Ana—. Las dos juntas.

Margot se echó a reír.

—¿No eres demasiado mayor para eso?

—Nunca seremos demasiado mayores —declaró Ana, así que siguieron adelante y pidieron un deseo—. Ven conmigo —dijo a su hermana, y bajaron por un sendero angosto y desgastado. Apoyaron las manos en la corteza del olmo más cercano—. No se lo podemos decir a nadie. Así se hará realidad.

Algún día se encontrarían en Jerusalén, en un jardín rodeado de olivos y cipreses. Comerían higos y miel. Se sentarían juntas, ya de adultas; se habrían casado por amor y no discutirían con sus maridos solo para hacerlos sentir mal. Un día se encontrarían en California, donde madreselvas y campanillas florecían casi todo el año, y el sol siempre brillaba. Más tarde, olvidarían lo unidas que se habían sentido el día de la boda de Miep, no recordarían que se habían cogido de la mano junto a la fábrica ni lo verdes que eran las hojas que caían a su alrededor. Allí estaba la novia, al otro lado del cristal, mientras los adultos brindaban por el futuro y las hermanas imaginaban jardines en los que se encontrarían algún día.

***

Ese verano, el Gobierno anunció que los niños judíos serían obligados a ir a escuelas separadas. Todos los alumnos se quedaron en *shock*, desconcertados por la forma en que sus vidas se vieron trastocadas al separarlos de sus queridos maestros y amigos. Independientemente del barrio en que vivieran, todos serían enviados a escuelas judías; ya no podrían ir a las públicas o privadas a las que asistían los cristianos. A los padres de los alumnos judíos de la escuela Montessori se lo notificaron por carta. Empezaron a sacar a los niños de las aulas y les informaron del cambio que se produciría pronto. Hubo lágrimas tanto de maestros como de alumnos. Ana adoraba la escuela Montessori, y sintió que la enviaban al exilio. Noventa y un niños judíos serían separados de sus compañeros no judíos. Ana tenía muchos amigos en la escuela, y se preguntaba si los que no eran judíos le hablarían cuando se cruzaran por la calle. Le habían contado que algunos estudiantes cristianos, cuando pasaban al lado de personas con las que habían crecido y a las que conocían de toda la vida, no las miraban, como si fueran desconocidas. En septiembre se anunciaron nuevas leyes que prohibían a los judíos ir a lugares públicos. Había carteles por todas partes: «Voor Joden verboden», 'Prohibido para los judíos'. Los Países Bajos se estaban dividiendo debido a las creencias de los nazis acerca de la raza, tal como había sucedido en todos los países controlados por ellos. Hubo un «antes» y un «después»; la puerta hacia lo que alguna vez fue se había cerrado.

***

En septiembre, antes de que comenzaran las clases, Otto decidió llevar de viaje a Ana para alegrarla, pues estaba tan preocupada por su abuela que a veces se negaba a salir de casa. Irían a un hotel cerca de dos ríos, donde había parques y senderos, y podrían caminar con libertad. Oma era incapaz de viajar y no podían dejarla sola, así que Otto decidió que solo irían ellos. Ana se alegró de pasar tiempo a solas con su padre. Ellos dos tenían más temas de conversación que cualquiera de la familia, porque ambos eran lectores. Era cierto, Ana lo amaba más que a nadie. Por su bondad, por su amor a los libros, por esos momentos en los que la niña sabía que él creía que era especial. Se daba cuenta por cómo la miraba, por su manera de asentir y decirle: «Ana, con un libro nunca estarás sola». Y así supo que a veces él se sentía como ella y que entendía que, aunque estuviera rodeada de gente, sentada a la mesa cenando con la familia o celebrando un día festivo, era posible sentirse sola, y que en esos instantes podía abrir un libro, dar la vuelta la página y sentirse comprendida por alguien a quien nunca había conocido.

En el tren, Pim le contó a Ana las historias que había aprendido durante su verano en la universidad de Heidelberg, estudiando mitología con los grandes eruditos alemanes. Siempre habían compartido historias, y a Ana le encantaba escucharlas, aunque se las sabía de memoria. En primer lugar, estaba la leyenda de Ícaro, que voló demasiado cerca del sol, ignorando las advertencias de su padre, mientras intentaba huir del laberinto en el que estaban cautivos. Luego Pim le habló de Pandora, que se había atrevido a abrir la caja que contenía todos los males del mundo y los había liberado para atormentar a la humanidad.

El mejor era el mito de Perséfone, una hermosa joven secuestrada por Hades, el rey del inframundo, para que fuera su reina. Cuando este la vio cogiendo una flor, se enamoró perdidamente de ella y la llevó a la tierra a la que solo los muertos podían ir. Pero su madre, Deméter, diosa de la cosecha, se negó a entregar a su hija. Su pena era tan grande que el mundo entero dejó de crecer, y el resultado fue una gran pobreza y hambruna. Al final, cuando la Tierra quedó devastada, Hades le permitió a Perséfone salir del inframundo medio año, en primavera y verano, estaciones llenas de luz y alegría. ¿Quién no querría una madre que hiciera cualquier cosa por rescatarte del inframundo? ¿Quién negociaría y convertiría el mundo en un invierno oscuro y frío hasta volver a verte, aunque solo fuese durante la mitad del año? ¿Una madre que no te mirase como si fueras una decepción y que renunciase a ti en silencio, porque creía que eras algo que no eras, porque no eras lo bastante especial para que viera quién eras?

Al mirar las planicies por las que pasaban, parecía que nada hubiera cambiado en la campiña desde la llegada de los alemanes, hacía más de un año. Había refugios con techos de paja para las cabras y establos de madera para las vacas. Si mirabas hacia delante, si no pensabas en las detenciones y la violencia de la ciudad, si olvidabas todas las leyes que solo los judíos estaban obligados a obedecer, casi podías pensar que el mundo era el mismo. Aún había granjeros, fardos de heno y casitas con ventanas altas hasta las cornisas. La hierba ya amarilleaba. El tren que habían tomado llegaba hasta un pequeño hotel llamado Groot Warnsborn, un lugar lleno de paz y tranquilidad. Era un alivio salir de la ciudad, donde los cambios eran cada vez más perceptibles. Durante las últimas semanas habían detenido a muchas personas por dar su opinión. Había ocurrido en su tranquilo vecindario, a altas horas de la noche, mientras se disolvían las reuniones de judíos.

La policía observaba a las personas, las seguía y las detenía. Los padres de Ana decían que los niños no necesitaban conocer los detalles, pero Ana había oído rumores sobre los judíos de Polonia y Alemania a los que habían enviado a otro lugar. Sabía que los culpaban de cualquier enfermedad y desastre que ocurriera; la gente decía que los judíos asesinaban a niños cristianos en secreto, que no se podía confiar en ellos y que en realidad no eran humanos. Muchos temían que los Países Bajos se levantaran en odio contra los judíos después de lo ocurrido en Alemania, Austria y Polonia. Sin embargo, en el campo, durante algunos días, Ana podría concentrarse en los libros y la naturaleza como si nada hubiese cambiado, aunque veía a la polilla negra en cuanto oscurecía. La seguía escaleras arriba hasta su habitación del hotel y luego desaparecía. Trataba de convencerse de que era producto de su imaginación, hecha de sombras y miedo, pero entonces, ¿por qué oía el batir de sus alas, por qué se posaba en un rincón de cada cuarto?

Ana había llevado una maleta pequeña; en su interior había ropa limpia, pijamas y varios libros. Cuando llegaron al hotel, decidió que iba a leer la novela sobre un grupo de amigos holandeses, acurrucada en una silla de madera del jardín. Las chicas de la novela eran alegres y parecían despreocupadas; una de ellas se llamaba Kitty. Si fuera su amiga por correspondencia, Ana le habría escrito una carta para describir lo bonito que era el campo:

Querida Kitty, estamos en un país de ensueño. ¡El resto del mundo parece tan lejos! ¡Si tan solo pudiéramos quedarnos aquí…! ¡Si tan solo nadie pudiera encontrarnos…! Desapareceríamos en un mundo de felicidad.

***

Almorzaron en el comedor, en una mesa junto a la ventana. Había sándwiches de *pom*, compuesto por pollo asado, limón y especias, el plato judío-criollo favorito de los judíos desde el siglo XVII. Hacía mucho que Ana y su padre no lo probaban. El cielo estaba nublado, pero decidieron aprovechar la estancia en el campo y salieron en cuanto acabaron el almuerzo; llevaron sus libros y una taza de té bien fuerte para Pim.

Cerca había un arroyo, y las cigüeñas habían hecho nidos en las ramas bajas de los árboles. Pero los pájaros habían desaparecido, ya habían migrado hacia las sabanas de África ante la proximidad del invierno. Extrañamente, no había aves en el cielo, incluso allí, en el campo, como sucedía en Ámsterdam. «Vuela, vuela», gritaba Ana a las urracas de la ciudad, pues seguían posadas en los árboles, temblando, mientras los demás pájaros habían partido a Marruecos y España para pasar el invierno bajo el sol. Por la mañana, todavía hacía calor en la campiña, pero Ana sintió frío a última hora de la tarde, así que se puso un jersey que le habían regalado en junio, por su cumpleaños. Ya le quedaba pequeño, pero no le importó. En el pasado, no veía la hora de crecer, siempre había sido así, aunque su abuela le decía que no se apresurara. Sin embargo, no veía la hora de que llegara su próximo cumpleaños; cuando tuviera trece, las cosas irían mejor. Casi sería una mujer adulta, capaz de tomar sus propias decisiones y elegir su camino en la vida.

Pim estaba sentado en una silla junto a Ana leyendo *Grandes esperanzas*, de Dickens. De vez en cuando se le llenaban los ojos de lágrimas, conmovido por la extraordinaria prosa.

—Dickens tiene razón respecto al mundo —explicó cuando vio que Ana lo observaba con curiosidad debido a su profunda reacción ante el libro—. Escribe sobre el triunfo del bien sobre el mal.

—¿Crees que eso pasa siempre? —preguntó Ana a su padre. Ella sabía que su padre no lloraba solo por el libro.

Pim apoyó la novela en el regazo y alzó la mirada hacia los árboles. Las hojas estaban amarillas y las ramas, negras. Mientras estuvieron en el hotel, entraron en vigor nuevas normas, y Pim no quería confesarle sus sentimientos. Tiempo atrás creía en el poder del bien, pero ya no estaba tan seguro. Solía pensar que el mundo era justo. «Soy un soñador, ¿qué tiene de malo? —decía siempre—. Hay que tener sueños antes de convertirlos en realidad». Sin embargo, se sentía vencido, como si hubiera cometido un terrible error. Tendría que haber enviado a sus hijas a Inglaterra: aunque la familia se hubiese separado, las niñas habrían estado a salvo.

Antes pensaba en el bien y el mal como conceptos, pero en ese instante parecían tan reales como una piedra o un libro, como un escorpión o una hoja. El bien y el mal respiraban como si fueran seres humanos; caminaban por las calles y se deslizaban por debajo de la puerta; te abrazaban o te agarraban del cuello, te consolaban o te destruían. Era cuestión de tiempo que los judíos ya no pudieran tener negocios, y Otto estaba planeando transferir el suyo a sus socios, Kleiman y Kugler, y al esposo de Miep, Jan Gies, un joven en quien confiaba y que se había convertido en miembro de la junta directiva.

Pim sabía que Ana se daría cuenta si le mentía, ya que no era un mentiroso por naturaleza y ella lo conocía muy bien. Por eso se limitó a negar con la cabeza. Siempre había hecho todo lo posible por protegerla del peor de sus temores. Pero ese día fue sincero, quizá porque Ana parecía muy adulta, allí sentada a su lado. El mundo estaba cambiando muy rápido, y ya no creía que fuese posible protegerla de sus temores.

—No lo tengo claro —admitió Pim.

—Yo sí. —Ana parecía muy segura de sí misma—. El bien triunfa. —Era lo que se decía cada mañana y cada noche. Era de lo que trataba de convencerse cada vez que veía la sombra de la polilla en los rincones de su habitación—. Estoy absolutamente segura de ello —afirmó, más para sí misma que para su padre.

Pim la abrazó, orgulloso de que su hija fuera una persona fuerte.

—Tienes toda la razón —dijo, pero su voz sonó temblorosa.

Se estaba convirtiendo en un hombre diferente, alguien que tenía pesadillas en lugar de sueños. Un hombre lleno de desconfianza en sí mismo.

Entonces Ana se disculpó para poder estar sola. Dijo que estaba cansada y que iría a su cuarto a echarse una siesta. Sin embargo, caminó por el sendero hasta el arroyo, pasando por los altos tallos y juncos cuyos bordes ya se estaban volviendo dorados a pesar del calor del día. Tenía que creer que el bien se imponía sobre el mal. ¿Por qué otro motivo existían las nubes, los árboles y el amor? Ella iba a crecer, iba a conocer el amor verdadero, vería California y nadaría en el océano. Eso era lo que siempre se decía y lo que deseó cuando salió de la boda de Miep. Sin embargo, sentía que temblaba mientras se alejaba de su padre. Había dicho que estaba segura, pero ¿y si se equivocaba? ¿Y si el mundo se había vuelto del revés? ¿Y si los monstruos de sus sueños podían irrumpir en la vida real?

Cruzó la verja de hierro que había al borde del jardín y caminó penosamente por el césped alto mientras pensaba en Perséfone, a la que el rey del infierno había secuestrado y arrastrado al inframundo. ¡Qué lejos de todo debió sentirse allí, en un sitio tan oscuro y solitario! Fue el amor de su madre el que la salvó, cuando Deméter se negó a perder a su hija en la oscuridad y la trajo de regreso al mundo cada primavera. Ana se preguntó si su madre se embarcaría en un viaje tan arriesgado para rescatarla. ¿Movería cielo y tierra hasta encontrarla, incluso en la oscuridad, donde ningún ser humano debía estar, en un mundo del revés, donde era fácil quedar atrapada en un lugar al que no pertenecías?

Era un alivio estar allí, en el campo, donde se sentía a un millón de kilómetros de casa. El sonido de las ranas, la tranquila superficie del agua de color azul pizarra, los grillos en la hierba. Desde la noche del bombardeo, había reinado el silencio en Merwedeplein, pero era un silencio que podía romperse en segundos con un grito. En el campo solo existía el suave murmullo de la naturaleza. Ana se sentó sobre la hierba y contempló un nido de cigüeña vacío. El nido había sido tejido con gran primor, pero el ave lo había abandonado. De pronto, Ana vio algo azul en él; imaginó que había encontrado un tesoro. Quizá fuese un collar adornado con una mágica piedra azul o un mensaje secreto de las hadas que vivían allí, ocultas a los ojos de los seres humanos. Se mojaría los zapatos si pisaba el agua, pero Ana los pondría a secar bajo los últimos rayos de sol y su padre no se enteraría de que había caminado por el suelo embarrado para llegar al círculo de juncos.

Cuando quiso darse cuenta, estaba hundida hasta los tobillos. No cayó al inframundo mientras seguía aventurándose;

Hades no fue a secuestrarla en su carruaje en llamas. De todos modos, a Ana se le aceleró el pulso. Sería tan fácil desaparecer, ser olvidada por todos los que te habían conocido, hundirse en los infiernos... El agua era más veloz de lo que esperaba, y por un momento sintió que podía arrastrarla. Sin embargo, logró cruzar el arroyo. Extendió la mano hacia el nido colgado de la rama y lo que arrancó no fue una flor, sino una cinta azul para el cabello. Era un objeto sencillo que miles de chicas podrían haber usado para atarse el pelo. Alguien la había olvidado allí el verano anterior después de nadar. Probablemente no se había dado cuenta de que le faltaba hasta que fue demasiado tarde. El verano había llegado a su fin y las hojas se volverían de un color marrón invernal, pero la cinta seguía allí, y Ana pensó que era una señal. Azul por la felicidad, por el bien del mundo, azul por la esperanza.

Guardó la cinta en el bolsillo. Le recordaría que debía mirar más allá de lo que veían los demás, ver luz donde había oscuridad, y pensar que, aunque se acercaba el otoño, pasado un tiempo volvería a ser primavera.

***

Por las noches, Ana y su padre cenaban juntos y luego jugaban a las cartas. En el exterior, los murciélagos revoloteaban por el cielo crepuscular y, cuando ya era tarde, regresaban a sus habitaciones y leían. Las preciadas horas transcurrían a toda velocidad, y pronto llegó el momento de volver a casa. En pocos días, casi habían olvidado lo que les esperaba. Durante el viaje de regreso, Pim le contó a Ana algunas de las historias que se había inventado sobre dos niñas llamadas Paula, una buena y la otra mala. Ana creyó saber qué Paula era ella y cuál representaba a Margot, incapaz de portarse mal. Pensó que la Paula mala era más interesante; por lo general, esas historias la hacían reír, pero ese día no.

Le impactó mucho volver a Ámsterdam. Ana casi había olvidado con qué rapidez caminaba allí la gente, temerosa de que la detuvieran e interrogaran. Los dos anduvieron hasta casa desde la estación del tren, cogidos de la mano, sin hablar. ¿Quién sabía qué les permitirían decir, y por qué motivo podrían arrestarlos? Ana se sintió agradecida en cuanto llegaron a su apartamento, en el número 37. Margot estaba esperando despierta a su hermana en la habitación; quería conocer todos los detalles del viaje, escuchar la narración de Ana sobre la estancia en el hotel mientras deshacía la maleta, en gran parte repleta de libros. Margot era demasiado buena como para ofenderse por haberse quedado en casa. Ana necesitaba salir a divertirse, y le emocionaba oír hablar del viaje de su hermana. ¿Se había metido en el arroyo? ¿Había nidos de cigüeñas ese año? ¿Les habían servido las galletas con forma de almendra que comieron una vez en ese hotel, decoradas con trocitos de nuez?

—Todo era diferente —dijo Ana en voz baja.

Habían pasado años luz desde la época en que iban al campo en familia.

—¿No te divertiste? —preguntó Margot.

Habló con la voz entrecortada; tenía sus propios temores, que también mantenía en secreto.

—¡Sí! —respondió Ana.

Le contó a su hermana que había cruzado el arroyo hasta el nido, caminando de puntillas, como si cualquier paso en falso hubiera podido hacer que se ahogara. La hizo reír cuando representó su presunta torpeza, fingiendo tener los pies hundidos en el barro. Sin embargo, cuando Margot fue a ayudar a poner la mesa y Ana se quedó sola, deseó volver a estar en el río. Se sentó en su cama, intentando no llorar, ya que el llanto no arreglaría nada. Su abuela se lo había dicho, y Oma siempre tenía razón. Creías que todo estaba bien, pero no era verdad. Pensabas que estabas de vacaciones, pero al final te dabas cuenta de que todo había cambiado en tu ausencia.

Ya no había lobos en Ámsterdam. Habían huido a los pantanos y campos, acobardados por las piedras que les lanzaban. Pueblos enteros los habían expulsado con palos y lanzas, así que huyeron lo más rápido posible. Pero en el mundo había cosas peores que vivir en lo más profundo del bosque. Allí podías esconderte, dormir sobre agujas de pinos, vivir en una cueva donde jamás pudieran encontrarte. En el barrio, había cosas de las que querías escapar, aunque no supieras qué eran. Los oías respirar, los veías entre la oscuridad; eran duendes malvados que parecían hombres en las calles, soldados de uniforme. Ellos fueron los que mataron a los conejos de la plaza. No lo hicieron porque tuvieran hambre o necesidad, sino por placer, porque los conejos los observaban bajo la luz de la luna sin pensar en huir, ya que esas criaturas jamás habían visto a los soldados. No esperaban piedras ni balas. Habían vivido en un mundo pacífico durante tanto tiempo que habían olvidado que, en él, había seres mucho más peligrosos que los lobos.

CAPÍTULO OCHO

En octubre, cuando comenzó el curso, algunos de los amigos de Ana no judíos ya no le dirigían la palabra. Muchos niños holandeses se habían unido a la Jeugdstorm, la «Tormenta Juvenil», y vestían el uniforme de los jóvenes seguidores del partido nazi holandés. Ana había visto varias veces por su barrio a una chica de la escuela, mientras ella y Margot volvían a casa con verduras del mercado.

—Haz ver que no la conoces —le aconsejó su hermana cuando vieron a un grupo de las juventudes hitlerianas; la conocida de Ana iba con ellos—. Si te habla, no le respondas.

Ana miró al grupo que pasaba por la acera de enfrente.

—¿Qué miras, judía?

A Ana le pareció oír la voz de su conocida, pero se apresuró a girar la cabeza con la cara roja.

—Bien —susurró Margot—. Quieren que te enfades, así tendrán motivos para atacarte.

Ana sintió que le ardían los ojos. Deseó cruzar la calle y gritarle a la cara a su examiga, pero notó que Margot la cogía del brazo.

—Olvídate de ella —dijo.

—Ya lo he hecho —respondió Ana, dándole la espalda al grupo.

—¡Huye! —gritó la chica—. ¡Eso es lo que hacen las personas como tú!

Ana sintió la presión de la mano de su hermana en el su brazo.

—No deberíamos sentirnos tan mal por tener que ir a otra escuela —observó Margot. Solo habría alumnos judíos, y nadie las odiaría ni las insultaría cuando fueran por los pasillos—. Estaremos bien.

—¿De verdad? —dijo Ana.

Pensó en lo segura que se sentía cuando le dijo a su padre que el bien siempre triunfa sobre el mal. Ya no lo creía. Sin embargo, aquel día Margot y ella estaban juntas, y nada podría separarlas ni hacerlas huir mientras cruzaban la plaza y subían las escaleras del número 37 de Merwedeplein.

***

Aunque el primer día de escuela llovió, las dos hermanas fueron en bicicleta, y Ana se pasó todo el día tiritando de frío. Pensó que su maestra parecía una sombra gris con vestido largo, y aunque Hanneli iba a la misma escuela judía que ella, no coincidían en clase. Por una vez en su vida, dejó de ser charlatana. Temía sentirse sola y fuera de lugar, pero la maestra era más amable de lo que Ana suponía y permitió que Hanneli se cambiase de clase. Poco después, tuvo la suerte de entablar amistad con Jacqueline van Maarsen, que iba a esa escuela porque su padre era judío, aunque su madre era católica. Jacque era tan encantadora y guapa que Ana la convirtió al instante en una de sus mejores amigas; sin embargo, siguió sintiéndose sola. Le sucedía desde su viaje al campo. Cuando estaba sola, pensaba en sus sueños. Soñaba que estaba en un sitio oscuro, que no reconocía, y no había nadie a quien conociera. Los monstruos vigilaban todas las puertas y los fuegos ardían sin cesar; cuando gritaba, nadie sabía quién era.

***

En los inviernos pasados, se hacían hogueras junto a los canales, y la nieve que caía era motivo de celebración, pero en ese momento los días fríos y lúgubres no tenían nada de alegre. Ese invierno, los judíos solo podían mirar cómo patinaban los demás. Debían asegurarse de no hacerlo mucho tiempo, pues de lo contrario podían llamar la atención de la policía. Nunca era bueno ser observado por personas que deseaban tu desaparición y tenían el poder de hacerlo realidad. Los judíos eran sombras vestidas con ropas oscuras que caminaban rápido, intentando ser invisibles. Sin embargo, el 8 de diciembre, Estados Unidos entró oficialmente en la guerra y la gente volvió a tener esperanza. Miraron al cielo, esperando que cayeran bombas, pero los soldados estadounidenses aún estaban muy lejos, así que los alemanes siguieron con sus planes, arrestando a más y más judíos, que desaparecían como si nunca hubiesen existido.

Las hermanas prepararon una comida de celebración. Solo era sopa y un poco de pan casero sin levadura, pero Otto había guardado algunos bombones y varias naranjas.

—¡Por Estados Unidos! —exclamaron al unísono, sentados alrededor de la mesa.

Esa noche, las hermanas se prepararon la maleta, por si los estadounidenses los rescataban en mitad de la noche. Edith las observó, pensando que sus hijas eran muy ingenuas al pensar que llegarían tan pronto.

—Las cosas no siempre suceden tan rápido —les dijo.

Las hermanas la miraron, paradas al pie de sus camas.

—Sí, claro que sí —respondió Margot.

—Cuando los alemanes nos bombardearon, fue rápido —añadió Ana.

Quería que algo la emocionara, que la despertaran en mitad de la noche. Pero, cuando se levantó por la mañana, no había cambiado nada en la ciudad. Los estadounidenses seguían muy lejos, demasiado como para rescatarlos en mitad de la noche o en cualquier otro momento.

La emoción por la entrada de Estados Unidos en la guerra tuvo su lado negativo cuando llegó el momento de salir del país. La familia Frank había estado cerca de ser libre, con la esperanza de conseguir visados para Cuba, desde donde podría viajar a Estados Unidos. Sin embargo, con la declaración de guerra, Cuba canceló su programa de visados. No había forma de escapar. Otto dejó de escribir cartas, abandonó sus papeles y bolígrafos. Ya había pensado en otro plan para huir, uno que nunca mencionó a sus hijas, uno al que esperaba no tener que recurrir jamás.

***

Una tarde fría, cuando volvía caminando sola de la escuela, Ana se preguntó si los autores escribirían por la misma razón que ella siempre leía: para escapar a otro mundo. Mientras caminaba junto al río, comenzó a imaginarse una historia sobre una abuela que velaba por su nieta como si fuera un ángel de la guarda. La niña creció y tuvo una vida feliz, pues, aunque existía dolor en el mundo, el amor de su abuela era tan fuerte que pudo sentirlo incluso cuando esta falleció. Ana se detuvo junto al río congelado, pero, en su mente, seguía en la historia. Se hallaba en un jardín más bonito que cualquiera que hubiese visto antes, con doce rosales, seis rojos y seis blancos. Imaginó que oía la voz de su abuela. «¡Ven a ver los capullos! ¡Cuidado con las abejas!». Sin pensárselo, Ana empezó a caminar sobre el hielo como si estuviese entrando en el jardín de su mente.

—¡Eh, tú! —gritó un soldado alemán—. ¿Qué crees que estás haciendo?

Ana sintió que el corazón se le aceleraba: ya no estaba en su historia. No supo qué hacer, así que bajó la mirada mientras el soldado se acercaba a ella. Estaba temblando; sabía que tendría que haber prestado más atención a lo que hacía, pero allí estaba, al borde del hielo. Un paso más y estaría infringiendo la ley. Él sabía quién era, quizá por lo asustada que parecía, a lo mejor por su cabello oscuro y brillante y sus grandes y expresivos rasgos, o tal vez solo lo adivinó.

—Los judíos no pueden patinar —dijo el soldado.

Ana no tuvo más remedio que hablar, aunque la voz se le quebró al decir:

—No llevo patines. Solo estaba mirando un pez.

Fue una explicación estúpida, ya que los peces estaban debajo del hielo, y el soldado hizo una mueca, sin entender lo que quería decir.

—¿Para robarlo?

—No. —Le costaba encontrar las palabras, algo que no era propio de ella—. Solo quería mirarlo. Era precioso.

Sin darse cuenta, había empezado a hablar en alemán.

El soldado entornó los ojos. Probablemente no tenía más de dieciocho o diecinueve años, pero parecía mayor.

—¿No eres holandesa?

Ana lo miró. Ella no era especial; nunca lo había sido. Había sido un error imaginar que lo era, un deseo tonto que solo la metería problemas. Debería haber sido la niña callada que obedecía las reglas. Debería haber hecho lo que le ordenaban.

—Debo volver a casa —dijo en holandés.

Su madre tenía razón: no estaba segura en ningún lugar de la ciudad.

Cuando Margot vio que Ana no había llegado, fue a buscarla sin decirle a su madre adónde iba, pues se enfadaría y no la dejaría salir. Siguió la ruta que sabía que su hermana tomaba a diario. De lejos, Ana parecía una niña, allí de pie junto al soldado. Margot apretó el paso, tanto que casi corría. Cuando alcanzó a su hermana, la cogió del brazo.

—No piensa con claridad —dijo al soldado, señalando a su hermana para indicar que no estaba bien de la cabeza.

El soldado asintió. Antes de que este pudiera decir nada, Margot la cogió de la mano y la sacó de allí. Las chicas huyeron avergonzadas, como si fueran delincuentes.

—No me pasa nada malo —replicó Ana, enfadada. Se sentía insultada y confundida, pero seguía aterrorizada por la mirada del soldado—. Estoy bien.

—Cállate, no digas ni una palabra más. —Margot miró de reojo a su hermana y vio que estaba temblando—. ¿Estás bien?

El corazón de Ana le latía con tanta fuerza que pensó que le saldría volando por la boca como un pájaro. Se preguntó si el miedo provocaba eso, si te hacía perder el corazón, si te dejaba vacía por dentro.

—Estoy bien —respondió a su hermana.

La voz se le quebraba, así que apartó la mirada.

—Por supuesto —dijo Margot para tranquilizarla—. Es ese soldado el que no está bien. Tienes que ir con cuidado.

—Empecé a hablar de peces —explicó Ana, con incredulidad por lo que le había dicho al soldado, enfadada ante su propia insensatez. Entonces Margot se echó a reír, y ella también—. Me pareció que era un tema neutral.

Margot negó con la cabeza.

—No lo es. Estoy segura de que los judíos tienen prohibido pescar.

—Los judíos tienen prohibido respirar —replicó Ana.

—Eso será lo siguiente —dijo Margot con amargura, algo que no era propio de ella. Al menos, no lo habría sido en su vida anterior.

—No hay temas neutrales —comprendió Ana—. ¿No es así?

Se miraron y Margot dijo:

—Quizá, de ahora en adelante, será mejor que volvamos juntas a casa.

No tenían nada en común, excepto el hecho de ser hermanas, pero en ese momento parecía lo más importante. Así que eso fue lo que hicieron, y aunque no siempre hablaban, aunque había días en que no se decían ni una palabra, se sentían mejor sabiendo que estaban juntas.

***

La nueva amiga de la escuela de Ana, Jacqueline, a veces la invitaba a quedarse a dormir en su casa. El apartamento de Jacque era grande y más tranquilo que el de los Frank. Su familia no tuvo que acoger a un inquilino, como ellos, para poder pagar el alquiler de su casa. El hombre que vivía en el piso de arriba del apartamento de Ana era el señor Wronker, un hombre difícil de unos treinta años que los ayudaba a pagar el alquiler y saludaba a Ana cada vez que ella se cruzaba con él. Si se veía obligada a saludarlo una vez más, pensó que estallaría y le soltaría una insolencia. Una noche de enero, Ana se planteó si ir a dormir a casa de Jacque era lo correcto. La salud de Oma estaba empeorando. Ya no quería comer, ni siquiera sopa. Apenas podía levantarse de la cama.

—Quizá no debería irme esta noche —dijo Ana a su abuela.

Había preparado una maleta pequeña, pero no estaba segura. Si no hubiera un inquilino en el piso de arriba, Oma tendría su propia habitación y no dormiría en el comedor, con tan poca privacidad que todos oían sus toses y gemidos por la noche.

—Ve a divertirte con tu amiga —insistió Oma—. La vida es para los vivos.

—Tú estás viva —le recordó Ana.

Oma sonrió, la besó y agitó la mano para despedirla. Pensó en los paseos por los bosques de Alemania, en enamorarse una noche llena de estrellas y en su joven nieta, que siempre había sido tan especial para ella.

—Yo ya he vivido —respondió su abuela—. Ahora te toca a ti.

Era 28 de enero, y hacía tanto frío que Ana se puso dos jerséis, chaqueta y bufanda, además de gorro, guantes y botas. El apartamento de los Van Maarsen era tan silencioso que, cuando iba de visita, Ana dormía toda la noche. Sin embargo, ese día soñó que su abuela se estaba cayendo. El suelo de madera se había abierto y había un inframundo justo debajo. Por la mañana, Ana tuvo una sensación de vacío en la boca del estómago. No pudo oír lo que le contaba Jacque, quizá se mostró grosera. No desayunó, aunque le ofrecieron una tortita; cogió la maleta y se fue de inmediato. Corrió hasta llegar a casa, esquivando los coches aparcados. Aquella mañana no había pájaros, ni niños, nada. Se dio cuenta de que hacía semanas que no veía a su urraca, y lo interpretó como una mala señal. Había quedado atrapada durante el invierno, en días cada vez más fríos, condenada a un mundo de hielo.

Apenas abrió la puerta del número 37 de Merwedeplein, supo que algo iba mal. Lo supo por el silencio y por la expresión de su madre. Lo supo, como también sabía que un día su urraca ya no volvería. Su abuela había fallecido.

—No pudimos hacer nada —dijo Edith—. Al final se fue en paz. Eso es lo que importa.

A Ana no le importó. Lo único que sabía era que no volvería a ver a su abuela. Fue al baño, cerró la puerta con pestillo, se apoyó en ella y se quedó allí llorando, aturdida por el dolor. Sintió que ardía y se congelaba al mismo tiempo. Estaba en un lugar tan solitario que no sabía cómo sobreviviría a eso. Así te sentías cuando perdías a alguien, cuando desaparecía, como si nunca hubiese existido. Ana se negó a abrir cuando Edith llamó a la puerta y le rogó que saliera.

Quizá se estaba castigando cuando se sentó sobre el suelo helado. Se sentía responsable por no haber estado en casa la noche en que su abuela dejó el mundo. Sin embargo, al pensar en su última conversación, se preguntó si Oma le habría dicho que fuera a pasar la noche con su amiga para protegerla y evitar que viera la muerte allí, en el comedor. «La vida es para los vivos», le dijo, y luego le dio un beso de despedida. Había parecido un adiós, y Ana se había detenido un momento antes de salir de la habitación.

«Mejor me quedo», dijo, pero su abuela había hecho un gesto hacia la puerta. «Ve, no te sientas culpable», le indicó. Oma le había recordado que estaba viva y era joven, y que debía tener fe en el mundo que la rodeaba. Le recordó que, sin importar lo que pasara o lo difícil que fuera la vida, Ana siempre sabría que la habían amado.

***

Ese invierno pareció durar una eternidad. Habría otros terribles en los años venideros, y los Países Bajos sufrirían una espantosa hambruna conocida como el «Invierno del Hambre», pues los alemanes bloquearon la entrada de alimentos y murieron casi veinte mil ciudadanos holandeses. Pero en ese momento vivían el invierno del miedo al futuro. ¿Los salvarían los estadounidenses o todos serían enviados a los campos de concentración?

Ana perdió peso y estaba cada vez más pálida. No quería comer; solo removía la comida por el plato. Se negaba a sentarse en el comedor, aunque habían guardado la cama de Oma en un armario, al igual que las sábanas y las mantas, que ya habían lavado. Parecía injusto estar ahí, sin Oma. Deseaba irse a vivir con los lobos al bosque. Había oído que algunos valientes de su edad estaban haciendo justo eso: acampaban en el bosque, dormían en los árboles como si fueran pájaros, comían bayas congeladas de los arbustos, usaban el musgo para encender hogueras y no morir congelados.

Edith no sabía que Ana estaba despierta a todas horas hasta que, una noche, oyó ruidos en la cocina, como de algo deslizándose, y pensó que habían entrado ratas en casa, pues las había por todo el barrio. Ellas también se morían de hambre: revolvían los montones de basura y trataban de meterse en los apartamentos en busca de calor.

Edith se puso una bata y entró en la cocina con una escoba en la mano.

—¡Ana! —exclamó sorprendida cuando vio a su hija—. ¿Y ahora qué vas a decirme?

Ana era conocida por sus bromas, y lo único que se le ocurrió fue responder a su madre con un chiste.

—¿Qué es lo que no puedes comer en la cena? —dijo Ana. Insistió, aunque Edith la miraba enfadada—. El desayuno y el almuerzo —respondió la chica. Cuando su madre se echó a reír, se sintió aliviada.

—Vuelve a la cama —dijo Edith—. Comer de noche puede provocar pesadillas.

Pero, mientras lo decía, supo que esas reglas ya no se aplicaban en el mundo en que vivían. En ese momento había pesadillas a todas horas, de noche y de día. «Come cuando haya comida. Come cada vez que puedas, porque llegará un día en que no habrá nada en la despensa y tendremos que ir a cavar en los jardines congelados de nuestros vecinos».

—Pero si tienes hambre, tienes hambre —concedió Edith, cambiando de tono—. Come lo que quieras.

Se sentaron juntas a la mesa y Ana se terminó las sobras de la cena, un tazón de verduras y algo de trigo de bulgur. Si hubiese sido otra época, su madre habría tirado el guiso a la basura. En ese instante parecía lo suficientemente bueno para comer, y tenía que serlo, ya que debían estirar los alimentos todo lo posible. «¿Qué estaría cenando la gente en California? —se preguntó Ana mientras se terminaba las sobras—. ¿Tortitas, champán y pastel de chocolate? ¿Qué comerán los niños que se ocultan en el bosque? ¿Raíces y hojas, y té hecho con corteza de árboles?».

Cuando terminó de cenar, Edith cogió el tazón y lo enjuagó en el fregadero. Ana se levantó para irse, pero su madre le dijo:

—Espera.

«Ahora volverá a decirme lo que he hecho mal», pensó Ana, porque siempre esperaba que la criticara. Sin embargo, Edith rebuscó bajo el fregadero y sacó una pequeña caja de hojalata. En su interior estaban los pendientes y el collar de oro que Oma le había regalado cuando cumplió los dieciocho años, que Ana le había visto esconder poco después del bombardeo.

Edith le ofreció el collar.

—Es para ti —dijo.

Ana retrocedió un paso. Eso no estaba bien; era demasiado joven para un regalo tan especial. Era la hermana pequeña, la que nunca complacía a su madre, la que no era tan especial, después de todo.

—No tienes que dármelo —tartamudeó.

—Por supuesto que no tengo que dártelo —dijo su madre—. Pero quiero hacerlo.

—De todos modos, no puedo ponérmelo.

Había oído que los alemanes arrancaban las joyas a las mujeres judías por la calle y les quitaban los anillos de los dedos.

—No es necesario que lo lleves por la calle. Puedes guardarlo donde estaba y saber que es tuyo —le explicó Edith—. Aunque esté escondido.

Ana alzó los ojos y miró a su madre. Entonces vio algo que no esperaba. Se dio cuenta de que Edith haría cualquier cosa por ella, que la buscaría por todas partes si cayera en el inframundo; haría que los árboles se volvieran marrones y los sacudiría con todas sus fuerzas hasta que perdieran las hojas, movería cielo y tierra hasta encontrar a su hija. No se llevaban bien, pero no porque fueran distintas, sino porque eran muy parecidas. Ana se preguntó si su madre le estaba dando el collar porque no habría otra ocasión para hacerlo si esperaba a que cumpliera los dieciocho. No soportaba pensar que quizá fuera cierto, así que se lo devolvió.

—Por favor, mamá, dámelo cuando cumpla los dieciocho, como Oma hizo contigo.

—¿Estás segura?

El futuro era algo que Edith había esperado con ansias, y quería lo mismo para sus hijas, pero temía que no llegara.

—Estoy segura de que prefiero esperar —respondió Ana a su madre.

Edith asintió y guardó el collar en su escondite.

Fuera estaba oscuro, la luna era como un disco de plata.

Parecían ser las dos únicas personas en el mundo. En el pasado, Ana se había llevado mal con su madre, y volvería a enfadarse con ella, pero en ese momento se entendieron, al menos por un instante.

Edith asintió.

—Esperaré a que cumplas los dieciocho —prometió—. Será nuestro secreto.

Había una vez una niña que comprendió que su madre la amaba. Sucedió de pronto, en la cocina, cuando era tan tarde que estaba a punto de salir el sol. Desde ese momento, trataría de recordarlo. Cuando se enfadara con Edith y se sintiera decepcionada, cuando creyera que no tenían nada en común, haría lo posible por recordar esa noche, mientras su madre volvía a esconder el collar bajo el fregadero. Cinco años pasarían pronto, y Ana cumpliría los dieciocho. Pidió un deseo: que ese día estuviera en California y que su madre fuera a visitarla, que se sentaran bajo una palmera en un lugar donde el cielo siempre fuese azul, que le regalase el collar de oro, y que las dos estuvieran de acuerdo en que había sido mejor esperar, que el futuro ya había llegado y que, al final, no lo habían perdido todo.

CAPÍTULO NUEVE

El 16 de febrero, Margot cumplió dieciséis años. Era lunes, y Edith y Otto decidieron celebrarlo a pesar del ánimo sombrío de la ciudad y la desesperación que todos sentían. El regalo de Margot fue un libro que ella quería, *Cámara oscura*; jugaron a las cartas, y Otto escribió el tradicional poema de cumpleaños, que recitó después de servir la tarta. Todos aplaudieron, y Margot apagó las velas rápidamente para que no se gastaran.

—¿Cómo te sientes al tener los dieciséis? —preguntó Ana a su hermana.

Margot rio.

—Igual que ayer. Siempre he sido la misma.

Ana sintió que se ruborizaba por el resentimiento. Era cierto: su hermana había sido perfecta de bebé, perfecta de niña y estaba a punto de convertirse en una mujer perfecta.

Pero Margot la sorprendió cuando de pronto se dio la vuelta, angustiada.

—Quizá sea mi último cumpleaños —musitó.

Se dirigió al baño y cerró la puerta con pestillo.

—Margot —susurró Ana.

—Vete —respondió ella.

No parecía ser la misma, sino alguien que temía al futuro. Por buena y perfecta que fuera, no podía arreglar las cosas.

Durante todo ese día, Ana estuvo pensando en su hermana, una persona bonita y cariñosa que había llorado el día de su cumpleaños. Nunca habían sido íntimas; eran demasiado diferentes, pero algo en su relación había cambiado. No sucedía todo el tiempo, casi siempre se ignoraban. Fue el día en que Ana pisó el hielo delante del soldado, y la tarde que estuvieron bajo los olmos después de la boda de Miep. Recordó esos instantes y dejó de pensar que su hermana era demasiado perfecta para desmoronarse. Se dirigió a la cocina, donde su madre estaba lavando los platos.

Fue un milagro que Edith pudiera preparar una tarta de cumpleaños con los pocos ingredientes que se conseguían en el mercado. Había estado acumulando los necesarios para hornearla: harina, manteca y un poco de chocolate. En vez de pan, habían estado comiendo *matzá*, que no lleva huevos, azúcar ni sal; es el pan de los pobres y los viajeros. Este día no hubo *matzá*, solo manjares: pudin de regaliz y tapioca, y unas rosquillas dulces llamadas *sufganiá*, que solían comer para celebrar la Janucá.

Edith llevaba puesto un delantal estampado con rosas rojas. Mientras enjuagaba los platos en el fregadero, recordaba cuando era niña y cocinaba con su madre en Alemania. Ella estiraba la masa para los pasteles y las tartas. La harina volaba por el aire como nieve, y ellas reían y no pensaban en nada que no fuera lo que estaban cocinando, las moras que habían recogido y la crema que batirían para la cobertura. Por aquel entonces la vida era sencilla y era posible creer en algo, pero ¿quién podía creer en nada en ese momento? Ana se acercó a su madre. Pensó en su hermana mientras hablaba con el soldado, el día que volvieron a casa caminando muy rápido, cogidas del brazo.

—He estado pensando en tu oferta —dijo Ana.

Edith se apartó del fregadero y miró a Ana, desconcertada.

—¿Qué oferta?

Ana se volvió, no quería revelar sus emociones.

—Nuestro secreto. El collar.

Edith dejó los platos y se apoyó de espaldas en el fregadero. Su hija menor siempre era un enigma.

—¿Y?

—Creo que es más adecuado para Margot. Y no creo que debas esperar hasta que cumpla los dieciocho.

Edith pensó en todas las veces en que se había enfadado con Ana por no comportarse con seriedad. En ese instante comprendía que todas esas ocasiones no habían significado nada, y que ese momento lo era todo. Oma siempre le había dicho que buscara en el interior de su hija, pero Edith había estado demasiado ocupada con la vida cotidiana y las amenazas que los acechaban. Esa tarde miró a su hija y vio quién era en realidad.

—¿Estás segura? —preguntó a Ana.

Ella asintió.

—Muy segura. Creo que deberías dárselo ahora.

Los dieciocho podían no llegar jamás.

—Para qué esperar —estuvo de acuerdo Edith.

Esa noche, Ana fingió estar dormida cuando su madre entró en la habitación. La luna todavía brillaba, y la luz exterior parecía hecha de plata.

Margot se incorporó en la cama cuando se dio cuenta de que Edith estaba allí.

—¿Todo bien? —susurró a su madre.

Esta extendió la mano hacia su hija mayor y le dejó el collar en la palma.

—Un regalo especial —dijo—. Perteneció a Oma y luego a mí. Ahora es tuyo.

Margot la abrazó. Su rostro estaba radiante.

—¡Es precioso!

Siempre le había encantado ese collar.

—Solo debes ponértelo en casa. Por ahora, hasta que las cosas cambien.

—Por supuesto —respondió Margot al entender que, si los alemanes le veían ese objeto de valor, se lo quitarían.

Se pasó el collar alrededor del cuello, y se volvió para que su madre le cerrara el broche. Mientras lo hacía, Edith miró a Ana y supo que no dormía. En ese instante se dio cuenta de muchas cosas que había buscado en el interior de su hija menor, como Oma le dijo que hiciera. Por fin, después de tanto tiempo, había descubierto lo especial que era.

***

La ciudad, que siempre había estado abierta a la gente perseguida y maltratada, cerraba las puertas a la libertad y, los que se resistían, los que se reunían para ver cómo salvarse o intentaban proteger a sus vecinos y amigos, desaparecían y nunca los volvían a ver. Todo el mundo sospechaba que un campo de trabajo era un sitio donde se trabajaba hasta la muerte. Decidirían que no tenías ningún valor en cuanto bajases del tren; si eras anciana, niño o un hombre que parecía débil, te enviaban de inmediato a una muerte segura.

Algunas personas se escondían en sótanos, armarios, cobertizos. Decenas de familias de su barrio encontraban lugares secretos donde ocultarse, y había muchos adolescentes de la edad de Ana escondidos por toda la ciudad. Cuando no tenías adónde huir, era necesario inventarse un sitio donde pudieras ocultarte hasta que todo mejorara, hasta que llegaran los estadounidenses.

A diario, Otto y sus socios llevaban provisiones al desván del almacén: mantas, sábanas, botas, papeles y bolígrafos, suéteres, alimentos en lata, muebles, libros, cacerolas y sartenes. Pim deseaba haber enviado a sus hijas con los primos que vivían en Inglaterra, que hubiesen ido a Suiza, retroceder en el tiempo y mirar el mundo con ojos claros y fríos, y no dejarse llevar por la esperanza o su insistencia de que la familia debía mantenerse unida. Había pensado que lo mejor era seguir juntos, pero ¿cómo sabes lo que no es posible saber?

***

Por las noches, Ana se repetía un mensaje de esperanza: «No pasará nada malo». Lo susurraba tres veces, como si fuera un conjuro, un hechizo para alejar la oscuridad. A veces, de noche, Margot se metía en la cama con ella y Ana sentía la calidez de su hermana a su lado. Siempre había estado demasiado celosa de Margot para ver cómo era en realidad, pero en ese momento comprendía que su hermana mayor tenía miedo. Estaba más delgada, pero seguía siendo bonita y buena, como siempre, y en ese instante Ana podía ver su interior. Eran diferentes y, sin embargo, iguales.

—Cuéntame un cuento —le pidió Margot.

Ana se echó a reír. Su hermana siempre había sido la que se dormía la primera y le pedía un cuento…

—¡En serio! —insistió. Se miraron en la oscuridad—. Lo haces muy bien.

Ana aceptó.

—Había una vez… —comenzó.

Pero ¿cómo narrarle a su hermana los trágicos mitos griegos que más le gustaban, aquel de la muchacha secuestrada y llevada al inframundo, o el de la chica convertida en araña, o el de la mujer que abrió una caja y liberó el mal en el mundo? En los mitos, el destino y los dioses doblegaban y quebraban a los seres humanos. Unas veces vivían y otras morían. Con o sin ellos, el mundo seguía girando.

—Continúa —pidió Margot.

Su voz sonó inesperadamente suave. Le había parecido ver una polilla negra revoloteando por el pasillo e intentando pasar por debajo de la puerta, y eso la había asustado. Quizá era solo su imaginación, a lo mejor algo más. Tal vez empezaba a ver lo que ocurría ahí fuera.

—Cuéntame un cuento.

Ana se inclinó hasta que sus frentes se tocaron.

—Había una vez dos hermanas que eran tan valientes que hasta los lobos del bosque huían de ellas.

—¿Los lobos les tenían miedo? —dijo Margot incrédula—. Imposible.

—Las hermanas los engañaron.

Las muchachas susurraban. El silencio de la ciudad era perturbador; sabían que podía producirse un tiroteo en cualquier momento. Con documentos falsos, los miembros de la Resistencia se hacían pasar por holandeses y hacían lo posible por ayudar a escapar a otras personas de los Países Bajos. Cuando los atrapaban, los fusilaban o los enviaban a un sitio peor que el inframundo que conoció Perséfone, del que nunca nadie regresaba, ni en primavera ni en verano, jamás. Las muchachas del cuento de Ana buscaban un lugar en el que estar seguras.

—Entonces, ¿qué ocurrió? —quiso saber Margot.

—Entonces nevó, y todo se cubrió de blanco. Los lobos huyeron a esconderse y las dos hermanas cruzaron el bosque.

Cuando Ana cerraba los ojos, podía ver el lugar que se estaba inventando; era un sitio muy lejano donde nadie podía hacerles daño, un mundo de su invención, uno que había concebido para las dos hermanas, donde siempre se derrotaba a los hombres malos: caían en los ríos o eran enterrados bajo el suelo. Las personas buenas triunfaban, así debía ser. Los lobos nunca atacaban a dos chicas que sabían huir y ocultarse.

—¿Fueron a California? —preguntó Margot.

—No, a California no.

Estaba cansada de pensar en Hollywood y el océano Pacífico. Todo lo que quería era un bosque donde nadie pudiera encontrarlas. Deseaba una cama de juncos, un manto de espinas, una espada por si llegaban los monstruos en la hora más oscura de la noche.

El rostro de Margot estaba tan pálido que parecía bañado por la luz de la luna.

—Era un lugar secreto —continuó Ana—. Un sitio que solo ellas podían encontrar. Tuvieron que caminar toda la noche, y estaban cubiertas de nieve, pero entonces vieron la casa al final del bosque. Había un fuego encendido en la chimenea y comida en la mesa. Había dos pasteles, dos platos de fideos y dos tazas de chocolate caliente. Había una puerta con mil cerrojos y, cuando se daban la vuelta, la casa se volvía invisible. Lo único que podía ver la gente eran las rosas del jardín, que crecían entre la nieve.

Ahora las dos podían oír a la polilla negra que se había colado por debajo de la puerta.

—Había una vez… —musitó Ana— dos chicas que llegaron a su destino.

Tal vez podrían dormir cien años, como en los cuentos de hadas.

Su madre abrió la puerta, las miró y pensó que dormían. Todas las luces de la casa estaban apagadas. Cuando la puerta se cerró, las hermanas abrieron los ojos. Un cuento podía lograr muchas cosas: hacerte ver la belleza del mundo, darte esperanzas cuando ya no había, pero, al final, era solo un cuento. No era una polilla negra lo que Ana había estado viendo en los rincones. Era la maldad; y ya estaba en su habitación. Las hermanas habían imaginado cómo escapar a un lugar tan lejano en el bosque que nunca pudieran encontrarlas. No sabían que, a finales de enero, se había concebido la «Solución Final» en una reunión secreta, en un suburbio de Berlín, donde un grupo de altos oficiales nazis planificaron la matanza de once millones de judíos de Europa y más allá, un genocidio de proporciones tan gigantescas que destruiría a toda una raza. Ana y Margot habían oído a las polillas en la ventana, pero aún tenían fe en el futuro. Seguían cogidas de la mano cuando se dieron las buenas noches. «Que duermas bien —dijeron—, duerme hasta que llegue la luz de la mañana, hasta que llegue el futuro, hasta que estemos en cualquier otro lugar menos aquí».

LO QUE PERDIMOS

Nuestras casas, nuestros ahorros, nuestras empresas, todo se lo llevaron. No podíamos tener nada, solo nuestros objetos personales, ropas y muebles, cucharas y tenedores.

No podíamos entrar en los museos ni en las bibliotecas, tampoco en los restaurantes, ni en los teatros, ni en el zoo, ni en ningún edificio público, ni siquiera en los mercados que no estuvieran destinados a los judíos. Los perros podían sentarse en los bancos de la plaza, pero nosotros no. Nos prohibieron entrar en los cines y las cafeterías. El último día de mayo, ya no podíamos usar las piscinas, los parques, los balnearios ni los hoteles. Ya no podíamos tener radio. Había carteles que no queríamos leer. En todos ponía lo mismo: «No se permiten judíos».

No podíamos asistir a sus escuelas. Los niños holandeses vestían con uniformes nazis y marchaban por las calles. Entregamos a nuestros bebés para que tuvieran la posibilidad de vivir.

Venían a por nosotros en cualquier momento. Solo tenían que llamar a la puerta. No había suficientes cerrojos en el mundo para mantenernos a salvo. Decían que nosotros éramos el problema y que ellos tenían la solución; entonces supimos que había llegado la hora.

QUINTA PARTE

Hora de oscuridad, hora de luz
Ámsterdam, febrero de 1942 – julio de 1942

La estrella que le habían cosido en el abrigo le quemaba como si la tela hubiese sido tejida con odio puro. Cada puntada la atravesaba como si fuera una espina. De noche, alzaba los ojos al cielo y veía que aún había millones de estrellas por encima de ella, y que todas brillaban con fuerza, pero la gente de la calle no las veía. Solo se fijaba en la que había caído. La que estaba cosida a su abrigo con hilo negro.

En ese momento, la estrella que ella usaba era la única que importaba.

CAPÍTULO DIEZ

Como los alemanes requisaban la mayor parte de las frutas y verduras provenientes de las granjas del campo, cada vez había menos comida. En el mercado judío solo quedaban los artículos que nadie quería, y los alemanes prohibieron la carne *kosher*. Calabazas magulladas, manzanas golpeadas, coles que ya no estaban verdes y tenían hojas blancas y traslúcidas. Había cada vez más ratas. Ana, su madre y su hermana fingían no verlas cuando iban a comprar. Tenías que hacerlo para seguir siendo humano, intentar seguir siendo la persona que eras antes de que todo eso comenzara. Imaginaban que las ratas solo eran sombras en los rincones. Se convencían de que ese era el mercado al que iban siempre, pero los judíos ya no podían entrar.

—Compraremos lo que podamos y lo aprovecharemos al máximo —decía Edith cada vez que iban de compras, como si esas palabras fueran un conjuro mágico que haría que su visita al mercado fuera más provechosa.

—Sí, por supuesto —asintió Margot—. Podemos preparar sopa.

Se miraron y no dijeron nada más. Sopa era lo que siempre hacían para pasar la semana. Era un plato misterioso que podía durar mucho; si le agregabas agua, sal y pimienta, y había más cada día. Ana observaba los rincones del callejón en el que estaba el mercado. Era un lugar improvisado con toldos rotos. Había empezado a ver sufrimiento en todas partes, aunque no quería, incluso cuando cerraba los ojos. Había muy poco que comprar y muy poco que vender. Había una ratita en un rincón, demasiado asustada para moverse, apenas una sombra. Las polillas negras que Ana siempre creía ver estaban por todas partes. Quizá se las imaginaba, pero otras personas parecían asustarse cuando pasaban volando.

—¿Puedes ir a comprar patatas? —pidió Edith a Ana—. Las que tengan menos manchas —agregó, ya que la última vez no había prestado mucha atención.

¿Así se suponía que debía el mundo? Ana creía en la fe y la lealtad, creía que las personas tenían lo que se merecían, pero ¿quién se merecía lo que estaba ocurriendo en ese momento? La gente se empujaba para acercarse a las cajas de verduras. Ese día había zanahorias por las que valía la pena pelearse. Dos mujeres discutían a gritos por quién había llegado primero, hasta que dejaron de hablar y una empujó a la otra. Ana deseó cerrar los ojos, y, al volver a abrirlos, estar en otro país. Iría muy lejos, y nadie podría encontrarla. No podía soportar la idea de que la vida no fuera más que eso. Pelearse por verduras. No miraba a las ratas. Mantuvo la cabeza inclinada para que nadie supiera lo perdida que se sentía.

—¿Puedes prestarme atención cuando te hablo? —la reprendió Edith.

—Se me ha metido algo en el ojo —respondió a su madre.

No era verdad, pero podría haberlo sido.

—Déjame ver.

Edith se acercó a Ana y la tomó de la barbilla para mirar los ojos de su hija. Alguna vez había creído que era posible cambiar el destino; aunque no fueras feliz en tu matrimonio, podías esforzarte por ser dichosa a diario con pequeños gestos. Ya no sabía qué creer.

—¿Estás llorando? —preguntó Edith, sorprendida al ver lágrimas en los ojos de Ana.

Su valiente hija, la que hacía lo que quería y creía que era especial. ¿Qué la había hecho llorar? Solo estaban comprando verdura.

—No —se apresuró a responder mientras se apartaba—. No estoy llorando.

No veía la hora de tener trece años. No veía la hora de que la gente dejara de cuestionarla como si fuera una niña tonta.

—Parece que sí —dijo Edith—. ¿Qué pasa ahora?

Fue el mercado lo que hizo que le entrasen ganas de llorar, no tanto las mujeres que se peleaban por la verdura, sino una señora a la que Ana había visto hurgar entre cajas casi vacías. Esa mujer estaba tan concentrada en buscar patatas que había dejado a su bebé sobre la acera, y él había empezado a lloriquear.

—Le ha entrado algo en el ojo —dijo Margot para rescatar a Ana del interrogatorio de su madre. Esta la miró agradecida—. Las lágrimas lavan el polvo —explicó.

—Bien —asintió Edith—. Veamos si podemos encontrar algo medio decente antes de que se termine todo. —Miró a Ana—. Llorar no nos servirá ahora.

—Gracias —dijo Ana a Margot en voz baja cuando se quedaron solas, mientras esperaban que su madre entregara sus cupones de comida al tendero.

Margot sonrió y se encogió de hombros.

—¿Por qué?

—Por la mentira.

Ambas se echaron a reír. Era maravilloso cuando se sentían confidentes, aunque no sucedía muy a menudo, al menos no pasaba hasta hacía poco.

—Ha sido una mentirijilla piadosa. Sé que tiene buenas intenciones —susurró Margot.

—¿En serio?

Ana observó a su madre mientras esta metía las verduras en una bolsa de tela.

—Por supuesto —aseguró Margot—. La gente siempre es más dura con su hija favorita.

Sintió que se le encendía el rostro por la vergüenza.

—No soy su favorita.

Margot se encogió de hombros.

—Siempre está hablando de ti. Eres por la que más se preocupa.

—Porque me porto mal. Se preocupa porque tengo muy buena opinión de mí y porque no saco buenas notas en la escuela.

Margot negó con la cabeza.

—Es porque eres su bebé.

Ana sintió que se ruborizaba.

—No es cierto.

—Bueno, lo fuiste, y de pequeña estuviste enferma muchas veces. Ella se preocupaba entonces, y sigue haciéndolo.

Ana siempre había creído que Margot era la hija favorita de su madre; ¿por qué no iba a serlo? Ella era una niña difícil, Edith siempre lo decía; sabía que no se esforzaba por ser amable como Margot. A su hermana le salía de forma natural; sin embargo, cuando volvían a casa, ocurrió algo muy extraño. Edith cogió a Ana del brazo. Era raro que lo hiciera, y esta miró a su madre confundida.

—No quiero que te tropieces si no ves por el polvo que te ha entrado en el ojo —explicó Edith.

—Estoy bien —dijo Ana, aunque sintió un nudo en la garganta y las lágrimas empezaron a agolpársele en los ojos.

—Por si acaso —insistió su madre.

En otra ocasión, Ana se habría apartado, pero ese día se lo permitió. Pensó en el inframundo, y en qué habría sucedido si Deméter nunca hubiese rescatado a su hija. No habría primavera ni verano, ni tampoco árboles, hojas, pájaros, vida.

Iban a pasar el resto de la tarde pelando patatas y cortando cebollas, así que tendrían una buena excusa para llorar. Las cebollas provocaban lágrimas, de manera que no tendría que dar explicaciones, y lo mismo les ocurriría a su madre y su hermana. Margot la tomó del otro brazo y Ana se sintió afortunada entre ellas. Caminaron apresuradas a casa, aunque el cielo estaba radiante. «Madre», pensó, «¿qué será de nosotros? Deberíamos huir o nos quedaremos atrapados como las urracas. No podremos irnos, si esperamos demasiado».

Como si Edith pudiera leer los pensamientos de su hija, le dio a Ana un apretón en el brazo y dijo:

—Solo debemos pensar en la sopa.

No era verdad, pero Ana asintió. Aceptó que sería eso lo que harían. Se sabía la receta de memoria: «patatas, agua, sal, pimienta, cebollas, zanahorias, si hay. Cocínalas más tiempo del que crees, deja que el caldo hierva a fuego lento hasta que se parezca a la sopa que solías tomar, cuando el mundo era distinto, cuando dabas la cena por sentada, cuando no te asegurabas de comértelo todo por si no había patatas la próxima vez que fueras al mercado».

***

Ana siempre ponía sus pensamientos por escrito. Para asegurarse de que nadie los leyera, la mayoría de las veces rompía en trocitos todos los papeles, como si fueran copos de nieve marcados con tinta. Cada vez escribía más fragmentos de historias. A veces metía las páginas bajo el colchón y las releía antes de destruirlas. Era su secreto, aquello de lo que estaba hecha. Las palabras cobraban vida cuando las escribía.

Ana anotó en una lista todo lo que había desaparecido. Al principio fue lenta, pero luego ya no tanto. Primero fue una cosa, después casi todo. Así fue como los nazis tomaron el poder; la gente no entendía qué estaba pasando hasta que le despojaron de su dignidad y ya no se la consideró humana. Un, dos y tres: el mundo se había reducido a nada.

A medida que pasaba el tiempo se imponían cada vez más reglas, y así seguiría siendo. Prohibido sacar libros de las bibliotecas, prohibido sentarse en el parque, prohibido entrar en edificios públicos, prohibido ir a piscinas o tomarse vacaciones o días de fiesta, prohibido ir a hoteles. Los judíos no podían enseñar en escuelas ni universidades, ni ser dueños de empresas o radios. Los judíos que protestaban eran deportados; debían depositar su dinero en un banco especial, donde se lo robaban; tenían que registrar cualquier propiedad que tuvieran, venderla y guardar lo que hubieran ganado en ese mismo banco; tenían prohibido ejercer ciertas profesiones; no podían ir en coche, ni usar los tranvías, autobuses o trenes; finalmente, no pudieron ser dueños de bicicletas, remar, jugar al hockey ni participar en pruebas de atletismo. Ni siquiera tenían permitido sentarse en su jardín después de las ocho de la tarde.

Sabían lo que les estaban diciendo: «Eres diferente, eres un intruso, no puedes tener lo mismo que nosotros, tampoco lo más simple, eres un ratón, una mosca, una mota de polvo. No eres como las demás personas que caminan por la calle; eres una sombra, ya no eres un ser humano. Ellos tienen el poder y tú no, y por eso pueden tratarte como si no fueras más que una polilla atrapada en un frasco, uno que sacuden cuando les da la gana, que pueden vaciar sobre el fuego, donde te encierran hasta que ardes en llamas».

CAPÍTULO ONCE

Antes de que llegaran los alemanes, los Frank celebraban el Purim para conmemorar el día en que la reina Ester salvó a su pueblo de la destrucción de sus enemigos. Invitaban a familiares y amigos, y preparaban grandes cenas y fuentes de dulces para los niños. Se disfrazaban y representaban obras de teatro, y Ana siempre hacía el papel de Ester. Ese año no podían hacerlo, pero ella decidió que quería algo mejor.

—¿Puedo contar la historia de Purim? —preguntó cuando terminaron de cenar.

—Por supuesto —respondió Pim, así que la chica fue a su habitación a buscar lo que había escrito—. Alegrará la velada —dijo su padre cuando Ana volvió a la mesa con su cuaderno.

Todos se la quedaron mirando; incluso su madre esperó a recoger para que Ana pudiera contar la historia de Ester, una joven normal y corriente que salvó a su pueblo tras hacerse pasar por gentil para casarse con un rey. Cuando los judíos estuvieron en peligro, Ester confesó su fe y rogó por la vida de su pueblo. «Cierta vez, en la tierra de Persia, donde no éramos libres, había una joven que no tenía miedo de ser ella misma».

Cuando terminó, su padre gritó «¡Bravo!» y Margot aplaudió con los ojos brillantes. Ana, nerviosa, miró a su madre. Edith solo asintió antes de dirigirse a la cocina para llevar los platos al fregadero. Ana notó que montaba en cólera: ni una palabra amable, ni un elogio. La chica se levantó de la mesa y la silla saltó detrás de ella; sintió el calor de la ira en el rostro mientras seguía a su madre a la cocina. No podía quedarse callada.

—¿Acaso nada de lo que hago te parece bien? —gritó.

Edith se volvió. A menudo no compartía sus sentimientos. No todos tenían hijas tan maravillosas; la gente podía estar celosa y el destino podía ser cruel. Margot era encantadora, la hija perfecta, pero Ana había sido especial desde que nació. Berreaba como si tuviera toda la fuerza del mundo; investigaba todo lo que la rodeaba de manera minuciosa; parecía que tenía la capacidad de ver lo que otros no podían. Desde el principio fue una niña difícil y diferente a los otros niños. Edith había tenido miedo por ella; el mundo no solía tolerar a ese tipo de gente. Pensó que podría moldear a su hija menor y convertirla en la persona que necesitaba ser para sobrevivir en medio de la dureza a la que iba a enfrentarse. Era más fácil jugar según las reglas, no desear demasiado, pero esa noche por fin se dio cuenta de que su hija no era así.

—¡Dímelo! —exigió Ana.

Se le quebró la voz, pero no le importó. Sus noches estaban pobladas de palabras de los libros que leía, y también sus sueños.

Había puesto todas sus emociones en contar la historia de Ester. La había hecho suya.

Edith dejó a un lado el plato que estaba lavando.

—Está bien. Si quieres saberlo, te lo diré.

Ana tuvo miedo de lo que pudiera oír, pero ya no había vuelta atrás. «Dímelo, aunque me duela. Dime la verdad».

—¡Claro que quiero saberlo! —exclamó Ana—. ¿Acaso crees que no me importa tu opinión?

No se había dado cuenta de lo mucho que necesitaba la aprobación de su madre. Parecía que Edith no le prestara atención, pero en ese instante la estaba escuchando. Ana ya no parecía una niña. Tenía casi trece años, el número que podía traer buena o mala suerte, según las circunstancias.

Se miraron y entonces, por primera vez, Edith le dijo la verdad a su hija, sin guardarse nada:

—Creo que eres una gran narradora —dijo—. Quizá acabes siendo escritora.

Ana atesoró en su corazón las palabras de su madre; las llevó adondequiera que fuese porque sabía que eran ciertas. Lo supo antes de que se lo dijera.

Sería escritora.

***

Un día de abril, a Ana le robaron la bicicleta entre el mediodía y las dos de la tarde, a plena luz, y nadie se atrevió a detener al ladrón. Una bicicleta lo era todo: libertad, alegría, medio de transporte. Para levantarle el ánimo, Pim llevó a Ana al mercado de libreros. Había puestos al aire libre llenos de volúmenes;

muchas de las ediciones eran antiguas, con letras en pan de oro y dibujos y mapas en el interior. Antes solía haber muchos anticuarios judíos, pero habían ido desapareciendo: guardaban sus libros más preciados, los envolvían en mantas y los escondían en sótanos y desvanes, o los enterraban bajo los tilos en cajas de madera que, por desgracia, se pudrirían con el tiempo. El mercado de libros de Oudemanhuispoort estaba allí desde el siglo XIX. Se podían encontrar partituras, postales, novelas antiguas, libros raros, mapas, poesía. No estaba permitido vender obras de autores judíos, y los judíos tenían prohibido vender libros allí. Sin embargo, para quienes lo conocían, había un callejón donde aún se intercambiaban volúmenes al atardecer, sacados de cajas de cartón en lugar de los mostradores de madera y las vitrinas instalados en el mercado. Había un librero judío al que llamaban Viejo Edgar, y Otto Frank acudía a él cuando buscaba novelas escritas por Dickens. Aquel día quería encontrar un ejemplar de *Historia de dos ciudades*.

—¿Quién es ella? —preguntó el Viejo Edgar cuando vio a Ana con su padre—. ¡Déjame adivinar! —Cerró los ojos un momento, pensando, y luego los abrió y sonrió—: Eres una profesora en busca de libros sobre la historia de nuestra ciudad.

Ana negó con la cabeza.

—No, para nada. Ni siquiera tengo la intención de vivir aquí cuando sea mayor. Me marcharé.

—Una trotamundos —sentenció el anciano.

—Una bibliófila —dijo Otto de su hija, un elogio que hizo enrojecer a Ana de orgullo.

Mientras su padre y el librero charlaban, Ana miró a su alrededor. Vio que la esposa del Viejo Edgar estaba ordenando una caja de libros antiguos junto a una puerta. La mayor parte de los que debían vender estaban ocultos bajo las mantas que la señora había tejido. Llevaba un abrigo negro y un pañuelo azul en la cabeza, y por algún motivo le hizo pensar a Ana en la urraca que hacía tiempo que no veía. Quizá era porque la anciana asentía como si la conociera. Tal vez esa era la similitud, se miraron y descubrieron lo que tenían en común: el miedo a la ciudad, la necesidad de mantener en secreto los pensamientos más profundos, la pasión por los libros.

Otto Frank se acercó para presentar formalmente a Ana.

—Ana Frank, te presento a la esposa de Edgar DePina, *madame* Clara.

Los libreros eran judíos sefardíes cuyos ancestros habían llegado a Ámsterdam en el siglo XVI, durante la Inquisición, cuando asesinaban a judíos en todas las plazas mayores de España y Portugal. Los DePina habían formado parte de una acaudalada familia de banqueros y navieros, pero esos negocios ya no les pertenecían. Los alemanes se habían apoderado de sus empresas y de su elegante casa; habían arrancado los cuadros de las paredes, algunos de ellos antiguas obras de arte holandesas, incluso una pequeña pintura de Rembrandt. Los judíos sefardíes adinerados habían sido especialmente perseguidos por los alemanes, que querían adueñarse de sus propiedades y pertenencias, y en ese momento muchos de ellos se habían quedado sin hogar; algunos vivían en establos y sótanos de sus exempleados, que tuvieron la amabilidad de acogerlos. El Viejo Edgar y su esposa dormían en el cobertizo de un amigo holandés, y tuvieron la suerte de conservar algunas cajas de libros que una vez estuvieron en su biblioteca.

Mientras Otto y el Viejo Edgar discutían sobre cuál era la mejor novela de Dickens, Ana estuvo mirando los montones de libros que había bajo las mantas. Con frecuencia, cuando leía novelas, sentía que los personajes eran sus amigos, y, de vez en cuando, aunque sabía que parecería tonta si alguien lo descubría, escribía a los personajes de ficción sobre su vida.

—Tengo un libro para ti —dijo *madame* Clara mientras empezaba a tejer sin mirar las puntadas.

—No, gracias —respondió Ana, segura de que no podían comprarlo.

—Sospecho que cuentas historias.

—En realidad, no —dijo Ana, avergonzada.

Madame Clara dejó el tejido en el regazo y frunció los labios, luego se levantó de la silla e hizo un gesto a Ana para que la siguiera por el callejón. Pim seguía conversando con el esposo de la mujer, así que la niña la siguió.

—Después de hoy, no volveremos a casa —explicó *madame* Clara—. Iremos al campo y lo abandonaremos todo. No quisiera que destruyeran este libro, pero los alemanes quemarán todo lo que encuentren. —Tomó un viejo volumen de un montón apoyado contra una pared de ladrillos—. ¿Quemarías a los pájaros en una jaula? —preguntó a Ana.

—Por supuesto que no.

La niña pensó en la urraca, en los soldados que disparaban a todo lo que tenían a su alcance por pura diversión.

—Sin embargo, queman libros. Los arrojan en cubos de metal y les prenden fuego. Entonces salen volando todas las palabras que se escribieron.

—¿Y qué sucede con las palabras? —preguntó Ana.

—Todo aquel que las haya leído, las recuerda.

Los ojos brillantes de *madame* Clara estaban fijos en ella. El callejón estaba oscuro y Ana tuvo ganas de huir, pero se quedó allí.

—Solía tenerlo todo —dijo la esposa del librero—. Ahora solo me queda lo que puedo recordar.

Madame Clara le entregó el volumen. Era un libro de mitos griegos y romanos. Ana se quedó maravillada ante su belleza: la portada ilustrada en negro y dorado, las páginas decoradas con intrincados dibujos. En su interior estaba la historia que la había cautivado más que cualquier otra: el viaje de Perséfone al inframundo. Vio que había una rosa impresa en la tapa encuadernada en cuero.

—No podemos pagarlo.

Ana extendió la mano para devolver el libro. Llevaba las uñas mordidas hasta los dedos. Había decidido usar guantes de invierno para ocultar los bordes rojos.

—Debes hacerlo —declaró *madame* Clara—. Así me recordarás, junto con las palabras. Me iré mañana, como estas historias.

Ana quiso decirle: «Lléveme con usted adondequiera que vaya. La ayudaré a llevar los libros, y podremos enterrarlos en el campo, donde estarán a salvo, y algún día, una chica de mi edad los desenterrará, los encontrará y será un tesoro que jamás olvidará». En cambio, dijo:

—Gracias, es muy amable. Pero tengo que preguntarle a mi padre.

Ana, con el libro de Clara en la mano, se acercó a Otto. Él le pasó el brazo por los hombros mientras seguía discutiendo amistosamente con el Viejo Edgar sobre Dickens. Cuando vio que su hija llevaba un ejemplar, se volvió hacia ella, avergonzado por todo lo que no podía darle, cosas simples por las que antes no mostraban suficiente agradecimiento: dulces y azúcar, ropa nueva, bicicletas, billetes de tren, visitas con la familia, seguridad, libros.

—Ana, lo siento —empezó a decir Pim. Entonces la miró y cambió de opinión. Dejó a un lado el volumen de Dickens—. Nos llevaremos este —anunció, alzando el libro de mitos—. No se lo digas a tu madre —susurró mientras pagaba el libro—. Será un regalo de cumpleaños; lo guardaré hasta junio.

—No tienes por qué —dijo Ana—. Estoy bien sin él, de verdad.

Se miraron y se echaron a reír, ya que ambos sabían que se lo compraría. Siempre había sido de la clase de hombre que creían que los libros eran tan importantes como el alimento para nutrir a una persona. Quizá fue la última creencia a la que logró aferrarse y se negó a abandonar. Le había enseñado a su hija que los mitos antiguos eran los que mejor reflejaban las emociones del ser humano: el miedo al abandono, a que el mal entrase en el mundo, a querer volar a tanta altura que te acercaras al sol. Ana y su padre volvieron a casa sin hablar, algo raro en ellos. Ambos sabían que, si iban a buscar al librero la semana próxima o la siguiente, el anciano habría desaparecido, y su esposa también, tras perder todas sus posesiones: la casa elegante, las alfombras, los cuadros, el armario repleto de ropa y zapatos, sus amados libros.

—Casi estamos —anunció Pim al doblar la esquina.

Siempre suspiraba aliviado cuando llegaban tan lejos sin que los detuvieran. No era que hubiesen hecho algo malo, pero tenían libros, y los escritos por judíos estaban prohibidos. Pasaron junto a la librería Blankevoort. Allí, en el escaparate, estaba el diario a cuadros que Ana deseaba tanto. Siempre se detenía a mirarlo, como en ese momento. Ya iban a regalarle el libro de mitología; sería egoísta pedir más. Sin embargo, cuando pensaba en todo lo que podía confiarle a ese diario, su corazón se aceleraba. Podía contárselo todo sin que la criticara o pensara que era una tontería. Su padre la observaba con una sonrisa, ya que, en su opinión, no existía la palabra «demasiado» cuando se trataba de libros.

—Quién sabe con qué te encontrarás el día de tu cumpleaños —dijo.

Ana le cogió de la mano. Él la mimaba, lo sabía, y se sentía agradecida. Los trece no serían como los otros cumpleaños. Era un día especial. Era la puerta de acceso al resto de su vida, el día que tanto había esperado: el momento en que podría permitirse ser ella misma.

***

Cuando Ana leía, el mundo se abría ante sus ojos. Era el otro mundo, aquel en el que la gente buena no sufría, donde la magia era posible y mujeres parecidas a su abuela podían darle los consejos que tanto necesitaba. Dos horas después de leer, tenía la sensación de que el tiempo no había pasado. Pensó en patinar; recordó cuando podían hacer ese tipo de cosas. Margot se pondría una falda roja y un abrigo negro, y daría vueltas sobre el hielo. Ella se detendría en mitad del canal, los peces estarían dormidos bajo sus pies, pequeños fragmentos resbaladizos de luz plateada, volvería el rostro hacia el cielo y dejaría que los copos de nieve le cayeran en las mejillas. Tomó un cuaderno y un bolígrafo e hizo una lista de imágenes hermosas. Mientras escribía, rompió a llorar, pero no por tristeza, sino por haber hecho algo bien. Los copos de nieve azules, más delicados que el encaje, la fresca luz color gris diamante, que nunca olvidaría.

—¿Estás durmiendo? —preguntó Margot desde su cama.

Estaba más pálida que de costumbre y sus ojos parecían más oscuros, o quizá solo era la preocupación por el futuro lo que le provocaba una mirada tan melancólica.

Ana se puso de lado y se apoyó en un codo.

—Estoy soñando —respondió.

Margot rio con su risa bonita y suave.

—¿Con los ojos abiertos?

—Exacto. Es la mejor manera. Así puedo inventarme una historia.

Llena de curiosidad, Margot se tumbó junto a su hermana. Estaba temblando, así que se metieron bajo la manta. No le contaba a Ana los comentarios que a veces hacían los soldados alemanes cuando ella pasaba por su lado. Cosas terribles. Cosas que hacían imposible que soñara y la hacían sentir que ser mujer no era seguro. Había deseado muchísimo cumplir los dieciséis, pero parecía que había sido mucho tiempo atrás.

—Cuéntame un cuento —le pidió Margot.

Ana hizo una mueca; no le gustaba revelar sus pensamientos más íntimos.

—Uno corto —insistió su hermana.

Margot cerró los ojos y escuchó. Su respiración era cada vez más profunda y se durmió con los párpados temblorosos. Ana volvió a guardar el cuaderno bajo la almohada y miró a su hermana mientras dormía. Ana tardaba mucho en dormirse, y, cuando lo hacía, soñaba que alguien entraba en la habitación. Alguien se sentaba y le acariciaba el pelo. «Duerme, cariño», decía esa persona en voz muy baja, tanto que Ana podía haber imaginado esas palabras, pero por la mañana las recordaba. Eran las que su madre le decía cuando entraba a darles las buenas noches.

**

En mayo, todos los judíos mayores de seis años fueron obligados a llevar estrellas amarillas en la ropa. De esa manera, cualquiera que pasara junto a ellos los identificaría y, de paso, los humillarían y los harían sentir diferentes. Se les instruyó respecto a cómo y dónde debían usar las toscas estrellas: sobre el lado izquierdo, a la altura del pecho, visibles en todo momento. Debían hacer cola fuera de la sinagoga para recoger la tela amarilla y barata, que debían pagar, y luego cortar y coser las estrellas ellos mismos. El Consejo Judío que había nombrado los nazis sugirió que debían sentirse orgullosos de usar la Estrella de David, símbolo de su fe, y algunos llegaron a decir que los protegería del mal, que era un signo de la solidaridad entre los judíos. Sin embargo, la mayoría de la gente estaba callada y asustada; entendía que los nazis usaban su motivo de orgullo para humillarlos. «No sois como nosotros. Podemos distinguiros desde lejos. Podemos cruzar la calle para evitaros, insultaros y escupiros, si queremos».

Otto Frank les dijo a sus hijas que en unos meses llegarían los estadounidenses. No había sucedido tan rápido como esperaban, pero por fin la guerra terminaría y los pacificadores acabarían con la locura que los rodeaba. Había perdido la fe en muchas cosas, pero aún creía que, al final, los aliados ganarían la guerra. Cuando eso sucediera, arrancarían las estrellas de su ropa; las niñas abrirían sus puertas y saldrían a la calle a aplaudir a sus salvadores. Pero, por el momento, las chicas de la escuela nunca hablaban de las estrellas que llevaban en la ropa; se comportaban como si esas insignias amarillas no existieran. Cuando empezó a hacer más calor, las madres descosieron las estrellas de los pesados abrigos de lana de sus hijos y las cosieron en jerséis más finos. A veces, Ana imaginaba que una estrella había caído del cielo y que la habían cortado en trozos antes de coserla en su pecho, como una luz que no podía extinguirse por más que lo intentaran.

✳✳✳

Una tarde, Ana estaba hablando con una conocida llamada Wilma junto al cobertizo de bicicletas que estaba cerca del Rascacielos, en el lado más alejado de la plaza. Era un día normal, al menos para los tiempos que corrían, pero ¿no eran en esos días cuando ocurrían cosas inesperadas? Un chico alto y flacucho salió de la nada, como si hubiese aparecido por arte de magia, y se dirigió hacia ellas. Ana se puso nerviosa; ya no confiaba en los extraños, en especial desde su encuentro con el soldado, pero entonces el chico las saludó y llamó a Wilma por su nombre.

—¿Quién es ese? —preguntó Ana.

—Mi primo de Alemania —respondió Wilma—. Ten cuidado, todas se enamoran de él.

—Yo no me enamoro con facilidad —replicó Ana, pero sonó desconfiada; francamente, no tenía idea de si eso era o no cierto.

El primo de Wilma era delgado y guapo, con el pelo algo largo, pues se lo cortaba él mismo. Hacía mucho tiempo que se ocupaba de él mismo, y se mostró muy educado y serio al saludarlas.

—¡Me parecía que eras tú! —dijo a Wilma, pero mirando a Ana—. Creo que no nos conocemos.

—Me recordarías —respondió Ana, y el primo se echó a reír.

—Sin duda —respondió él—. Ahora lo haré.

Ana vio que era más guapo de lo que le había parecido de lejos. Lo miró con los ojos entornados, evaluándolo, mientras él le hablaba sobre su vida. Era charlatán y contaba historias, una cualidad que le llamó la atención. Se llamaba Helmut Silberberg, y sus padres lo habían enviado a Ámsterdam tras la destrucción de su tienda durante la Noche de los Cristales Rotos. Había tomado el tren a la ciudad holandesa, donde sus padres creían que estaría seguro con sus abuelos. Se había ido de Alemania a los doce años y nunca había vuelto a ver a sus padres. En todo caso, cuidaba de su abuelo, que parecía cada vez más confundido a medida que pasaba el tiempo, y muy a menudo se ponía nervioso cuando tenía que salir.

El primo de Wilma estaba obsesionado con Estados Unidos y había empezado a aprender inglés por su cuenta. A veces se negaba a hablar en holandés, o incluso en alemán, su lengua materna. Saludaba a todos sus conocidos con un sonoro «Hello!». Era la palabra que más usaba; su abuelo le había puesto ese apodo y sus amigos lo imitaron. A él no le molestó; no le gustaba su nombre, ya que el de pila, Helmut, sonaba demasiado germánico y aburrido. Hello era muy amable y no le daba miedo hablar con nadie. Le encantaba practicar su inglés, pero parecía tímido con Ana. Eso la hizo sentirse más atrevida, lo suficiente como para sonreírle y decirle que ella también quería ir a Estados Unidos.

A la mañana siguiente, Hello estaba esperando a Ana. Después de eso, la chica supo que estaría allí a diario. Así empezaron. Lo mantuvieron en secreto; ni siquiera se lo dijeron a Wilma. Querían una confidencia que pareciera una esperanza, al menos durante un tiempo. Sentían que tenían algo único, algo que les pertenecía solo a ellos. Cuando Wilma los vio juntos, se dio cuenta de cómo se miraban.

—¿Es el indicado? —preguntó Wilma, sonriendo.

—Por ahora —respondió Ana, que nunca revelaba todo lo que tenía en el corazón.

***

Cuando nadie los veía, se cogían de la mano; los dedos les quemaban por el contacto.

—Quemas —dijo Hello.

—No, eres tú —respondió Ana, y él no la contradijo.

Se sentían vivos cuando estaban juntos, como si todo pudiera suceder. En cualquier otra época, Ana habría sido demasiado joven para tener novio, pero ya nadie era demasiado joven.

—¿Qué es lo que te gusta de mí? —preguntó a Hello.

—Me gusta que digas lo que piensas —respondió él.

Ana estaba llena de energía, brillaba. Siempre tenía un millón de cuestiones y nunca se conformaba con una simple respuesta. Era evidente que él no podía quitarle los ojos de encima.

—¿Qué miras? —preguntó Ana, sonriendo.

179

—¿Tú qué crees? —respondió Hello.

Le interesaba conocer su opinión. Ella nunca se callaba por delicadeza. Después de pasar tiempo con ella, todas las demás chicas le parecían aburridas.

—Me gustas incluso cuando discutes conmigo —dijo Hello.

Ana pensó en las discusiones de sus padres, y le dijo que no quería ser como ellos.

—Jamás seremos como ellos —le aseguró Hello.

Ana se acercó a él.

—Me alegro de que estés aquí —afirmó.

Se cogieron de la mano, pero solo un momento porque tal vez, después de todo, eran demasiado jóvenes para eso.

***

Cuando se quedaron solos, Hello le dijo que creía que la amaba, y Ana no supo qué contestar. Ni siquiera estaba segura de lo que era el amor. Como no le respondía, Hello insistió:

—Ana, ¿me has oído?

Era tan alto que ella tenía que levantar la cabeza para mirarlo a la cara. Al principio ella creyó que le estaba tomando el pelo. ¿A quién se le ocurría hablar de amor de esa manera, tan abiertamente, mientras iban caminando a Oase a tomarse un helado, o sentados tras los setos cercanos al Rascacielos? Estaba a punto de hacerse la ofendida e insistir en que bromeaba, pero, cuando vio la expresión en su rostro, se dio cuenta de que hablaba en serio.

—Pero si ni siquiera me conoces... —declaró Ana—. Solo han pasado unas semanas. No puedes amarme todavía.

Hello sonrió al escuchar la palabra «todavía». De hecho, Ana se sentía halagada por su declaración y por cómo la miraba. Era el primero que le decía que la amaba. Si caminaba a su lado, el corazón se le aceleraba, a veces creía que demasiado. Cuando estaba con Hello, sentía que tenía algo atascado en el pecho: no una de las polillas negras que veía entre las sombras, sino una mariposa monarca. Había leído que migraban a California, así que, en algunas épocas, el mundo entero se volvía anaranjado y brillante.

Tras la declaración de Hello, Ana disfrutaba de que él estuviera enamorado de ella, aunque sabía que lo más probable fuera que la relación no tuviese futuro. Ya se había sentido interesada por otros chicos, e imaginaba que quizá le volvería a pasar, pero por el momento, él era el indicado. Quién sabía qué rumbo tomaría esa relación, ya que a ella le importaba cada vez más la opinión de Hello. Últimamente, Ana había empezado a morderse las uñas y no quería que él lo supiera, así que hacía lo posible por esconder las manos, pero él las tomaba entre las suyas. Cada vez que se tocaban, brotaba calor de sus palmas. Ana se preguntaba si sería eso a lo que su abuela se refería cuando hablaba sobre encontrar a alguien que fuera tu *bashert*, la persona indicada, dos almas destinadas a estar juntas.

—Quizá podríamos encontrar la manera de llegar a Estados Unidos.

Hello se había estado convenciendo de que era posible.

—Necesitaríamos papeles —indicó Ana—. Oí a mi padre hablar sobre eso. No nos dejan entrar.

—Entonces podríamos huir. Montaremos campamento en el bosque y esperaremos a que todo esto termine. La gente lo hace todo el tiempo.

—Y algunos mueren en el bosque —declaró Ana.

Alguien lo había contado en la escuela. En los Países Bajos era difícil esconderse, decían. La tierra era tan llana que, apenas salías de la ciudad, podían verte a kilómetros de distancia. El primo de uno de los compañeros de clase de Ana había desaparecido en el bosque mientras intentaba llegar a Bélgica. No había cuerpo que enterrar, y nadie se atrevía a decírselo a su madre. Fingieron que seguía en el bosque, y que allí permanecería para siempre. Hello se dio por vencido, al menos por el momento.

—Entonces esperaremos.

En vez de acompañarla a casa, fueron al callejón donde guardaban las bicicletas. Allí se repartía la leche en altas latas de metal, y había dos gatos que siempre estaban a la espera, uno anaranjado y otro atigrado, aunque ya no había entregas.

A Ana se le daba bien el coqueteo, era graciosa y tenía facilidad de palabra, y no se ponía nerviosa con los muchachos, como muchas de sus compañeras de clase. No sabía por qué se sentía tan cómoda burlándose de los chicos y charlando con ellos; era amistosa y sociable por naturaleza. Algunas de sus compañeras estaban celosas de ella; decían que era vanidosa y que coqueteaba con cualquiera por diversión, aunque el chico no le importara lo más mínimo. Lo cierto era que el coqueteo no era muy diferente de la actuación. Pero Ana sabía que no coqueteaba ni actuaba con Hello. No quería encariñarse mucho con él, porque le iba a costar más si él decidía que ya no estaba interesado.

—No puedo amar a nadie —dijo—. Te lo advierto.

Hello la miró a los ojos con una expresión de dolor extendiéndose por su rostro. Ana se mordió la lengua y deseó no haberlo dicho. Deseó tener todo el tiempo del mundo. Deseó que fueran pájaros para salir volando, pero sabía que no lo eran.

—¿Y si pudieras? —preguntó Hello.

Se había animado al pensar que solo se trataba de convencerla, y mostraba una sonrisa preciosa que le iluminaba el rostro.

—Somos demasiado jóvenes para el amor —respondió Ana.

Hello no estaba de acuerdo, y no temió decirlo:

—No podemos permitirnos ser jóvenes. Debemos hacer lo que queramos ahora mismo.

La siguiente vez que se vieron, él le llevó un clavel blanco envuelto en papel de estraza. Lo había encontrado en la parte de atrás de una tienda del mercado de flores; estaba abandonado en un cubo de basura. Ana pensó que jamás había visto algo tan hermoso como esa flor. Por un instante, el mundo se detuvo. Nunca había podido explicar por qué le gustaba tanto leer, el poder curativo que tenía la lectura, cómo lo transformaba todo. En ese momento, en el callejón detrás del Rascacielos, se olvidó de todo lo que los rodeaba, como le sucedía cuando estaba inmersa en la lectura. El resto del mundo desaparecía: los carteles que prohibían la entrada de los judíos a los parques, los jardines a los que no se les permitía acceder. Ana se encontraba en otro lugar. Un sitio muy lejano, sin nombre. La única diferencia entre leer y estar con Hello era que estaban juntos, no sola. Habían estado en otro lugar donde nadie podía alcanzarlos, pero habían estado allí juntos.

***

—¿Qué es el amor verdadero? —preguntó Ana a su madre.

Después de todo, en cuestión de semanas cumpliría trece años, y lo único que sabía sobre el amor era una mezcla de desinformación que las chicas mayores le habían contado en la escuela. Todo era un misterio, y a Ana le gustaba saber la verdad. Tenía sentido ser práctica, incluso en un tema tan desconcertante como el amor.

Edith puso los ojos en blanco ante esa pregunta sobre el significado del amor, y se limitó a seguir lavando la ropa.

—En serio —insistió Ana cuando su madre no mostró ningún interés por responder—. ¿Cómo lo definirías?

—No tiene sentido hablar de esto.

No tenía el corazón para hablar sobre el amor, teniendo en cuenta el mundo que los rodeaba y los errores que ella había cometido.

—Quiero saber tu opinión —replicó Ana.

Edith colgó un jersey en el tendedero. El jabón que usaba era fuerte y contenía lejía barata, por lo que llevaba las manos rojas. Ya no quedaba mucho jabón. Estaba decidida a no pensar en qué haría cuando se le acabase. Quizá usaría agua caliente y vinagre, hasta que tampoco eso se pudiera conseguir. No podía pensar en otra cosa, en no tener nada de nada.

—Si quieres saberlo, es algo que solo existe en los cuentos —la regañó Edith, intentando no transmitir a su hija la amargura que sentía ni que el miedo la estaba dominando.

Ana se planteó las palabras que acababa de oír.

—No —respondió—. Esa no es la respuesta.

—Es mi respuesta —replicó Edith—. En especial para una chica de tu edad.

Ana calló, pero sabía que su madre estaba equivocada. Esa noche se acercó a Pim y se acurrucó junto a él mientras leía.

—No quiero interrumpirte —dijo a su padre.

Ella sabía lo irritante que era que alguien intentara hablarte mientras leías.

—Nunca me interrumpes.

Pim dejó el libro a un lado. De un tiempo a esa parte había dedicado muy poco tiempo a sus hijas, pues había estado muy ocupado con el plan secreto de lo que harían a continuación. Él y Edith hablaban sobre ello a altas horas de la noche, entre susurros, y de algún modo su secreto los había acercado más. Era su última oportunidad, lo sentían en lo más profundo, y a veces se cogían de la mano en la cama y se quedaban despiertos hasta ver la luz del amanecer.

—¿Qué es el amor? —preguntó Ana.

Pim no tuvo que pensárselo dos veces. Respondió de inmediato:

—Es lo que siento por ti y por Margot.

Ana se echó a reír.

—Gracias, pero ¿eso qué significa?

—¿Qué significa? Cariño, significa que haría cualquier cosa por ti. Eso es el amor.

—¿Y el amor romántico?

A Ana le costaba hablar de eso con su padre, porque sabía que seguía viéndola como una niña. Le explicó que hablaba de personas que sentían amor por otra, no porque estuvieran obligados, porque fueran familia, sino porque se habían enamorado sin esperarlo, sin tener que hacerlo.

—Ah, eso. —Pim suspiró—. Eso es diferente para cada persona, Ana.

Ambos intercambiaron una mirada.

—Quiero decir para mí —dijo Ana.

—Unas personas lo tienen y otras no —respondió Pim—. Tú lo tendrás, Ana.

Parecía convencido de ello.

Ana volvió a reírse y sacudió la cabeza.

—¿Cómo lo sabes?

—Porque sé quién eres. Porque eres especial.

Ana solía creer todo lo que su padre le decía, y quería seguir haciéndolo, pero por algún motivo no pudo. Ya no le importaba ser especial. Solo quería tener tiempo para crecer. Fuera de su casa, todo estaba cambiando. Los pocos pájaros que no habían huido caían del cielo, y no había vuelto a ver a la urraca. Los peces seguían durmiendo, hundidos en el fondo de los canales, a pesar de que el tiempo era más caluroso, y Ana no podía evitar preguntarse si podían ahogarse. No había nadie a quien preguntarle. Nadie sabía nada. Ni sobre el amor ni sobre los peces ni sobre el futuro. Ni siquiera Pim. Ya no. Lo único de lo que Ana estaba segura era de que todas las mañanas Hello la esperaba en el cobertizo de bicicletas, y caminaban y charlaban como si el resto del mundo no existiera. Quizá era eso lo que significaba estar enamorada. Al menos por un instante, era posible olvidarse de todos.

CAPÍTULO DOCE

Por fin llegó el mejor día del año: el 12 de junio, el cumpleaños de Ana. Se despertó a las seis, pero se obligó a quedarse en la cama hasta que la luz del día se colara por la ventana. Quiso saborear el primer día de los trece años; no volvería a repetirse. Era el cumpleaños que marcaba que ya no era una niña, aunque hacía bastante que no se sentía así, pero ese día ya era oficial. Los trece eran un número místico y mágico. Decían que «amor» y «unidad» equivalían a trece, un número de la suerte. Aunque lo cierto era que la suerte brillaba por su ausencia. A partir del mes siguiente empezaron a deportar a al menos ciento setenta mil judíos desde los Países Bajos hasta campos de exterminio como Auschwitz; más del 75 por ciento de los judíos del país serían asesinados al final de la guerra. En la calle solo se podía hablar en voz baja, si alguien se atrevía a hacerlo. Cada vez se entregaban más bebés a familias cristianas, que los acogerían y criarían como propios, al menos hasta que acabase la guerra.

Sin embargo, ese día Ana podía tener esperanza en el futuro, podía hacer todo lo posible por imaginárselo, pues ya no era una niña. Corrió al comedor, donde la esperaba su gata, Moortje.

—¡Te has despertado muy pronto! —exclamó Pim, aunque él también se había levantado antes del amanecer para prepararse para ese día. El primer regalo que vio Ana fue el tan deseado diario de Blankevoort, la librería cercana, y le encantó saber que Pim había recordado lo mucho que le gustaba.

—¡Sabías cuál era el regalo perfecto! —exclamó Ana mientras abría el diario en la primera página en blanco. Era precioso. Quizá, después de todo, podría ser escritora.

Ese año sus padres se esforzaron al máximo para darle todo lo que pudieron, y hubo más regalos: una blusa azul, zumo de uva —que en esos días era difícil de encontrar—, un rompecabezas, algo de crema facial, un poco de dinero, un plato de galletas que ella misma había cocinado el día anterior como regalo para ella y sus amigas de la escuela, y una tarta de fresa que su madre había preparado, ya que era la época de esa fruta. Todos los regalos eran muy especiales. Esa noche, Ana escribió en el diario. Cerró la puerta y se sentó en la cama; por primera vez sintió que no estaba completamente sola.

De camino a la escuela con Hanneli, cada una dio trece pasos, luego se detuvieron y volvieron a empezar, como una manera de celebrar la nueva edad de Ana. En la escuela, la cumpleañera repartió el resto de las galletas. Para agradecérselo, todos los estudiantes bailaron a su alrededor como si fuera la reina del día, y a Ana le encantó ser el centro de atención. Después de la escuela, sus amigos fueron a su apartamento y le regalaron un libro precioso, *Sagas y leyendas de Holanda*. Era el segundo volumen, así que pensó en cambiar algunos de los que ya había leído por el primero.

Aunque en esos días era difícil celebrar bien un cumpleaños, Pim insistió, y el domingo montaron una pequeña fiesta. Asistieron Hanneli y Jacque. A Ana no le gustaba estar sola, así que se alegró de que hubiera tanta gente; solía tener la extraña sensación de que, si nadie la acompañaba, desaparecería, pero en ese instante descubrió que se sentía sola incluso en compañía de amigos.

Algunos la encontraban cada vez más insoportable: decían que era mandona y que a menudo las cosas tenían que hacerse a su manera, que era cada vez más terca y obstinada, y tal vez tuvieran razón. Ana sirvió pastel a sus amigos. Sabía que sus padres querían lo mejor para ella, incluso en ese momento en que era difícil celebrar cualquier fecha destacada. Miró por la ventana y vio las polillas negras en los árboles, donde solían posarse los pájaros. Ojalá ella y Hello pudieran vivir en otra época e ir al mar, tomar un barco y huir a un lugar nuevo, un sitio donde pudieran hacer lo que quisieran. Anhelaba tener la posibilidad de construir un futuro juntos, uno en el que jamás hubieran caído bombas. Deseaba estar en cualquier otro sitio excepto allí.

Ahí sentada, entre sus compañeras, Ana tenía la sensación de que nadie la conocía y que jamás había tenido una amiga de verdad. Todos se lo estaban pasando bien, pero ella no podía siquiera comer un bocado de su tarta de cumpleaños. Pensó en las urracas, que nunca emigraban a otro país y esos días se escondían en las chimeneas, y en los conejitos que tiempo atrás había encontrado bajo los setos de la plaza, esperando a su madre, que yacía en mitad de la calle aplastada por un coche. Ana creyó que todos los conejos habían desaparecido, pero habían logrado volver. Se había sentado junto a ellos, llorando, sin saber qué hacer. Su madre salió a buscarla y la llamó.

—¿Sabes qué hora es? —le gritó Edith.

—Hay conejitos —respondió Ana.

—Ana —Edith parecía muy asustada—, son las ocho de la tarde. ¡Vuelve ahora mismo!

La chica entró en el apartamento y, al día siguiente, cuando fue a buscar a los conejos, ya no estaban. Las cosas desaparecían, como sentía cada vez que pasaba por el comedor donde antes dormía su abuela. La gente de su barrio pronto empezaría a desaparecer: los que pertenecían a la Resistencia, los que tenían riquezas que los alemanes deseaban, los que no habían hecho nada malo, los que estaban en el sitio y el momento equivocado. La vida no era justa. Cuando se trataba de personas como los nazis, nada tenía sentido.

En todo caso, al cumplir trece años Ana empezó a sentirse más sola. Había creído que todo mejoraría, pero no fue así. Se suponía que debía saber qué hacer con su vida, aunque, tal como estaba el mundo, era incapaz de ver las posibilidades de su futuro. Intentó mostrarse agradecida, ya que sus padres le habían ofrecido una preciosa fiesta de cumpleaños. Le sorprendió mucho que le dieran otros regalos maravillosos: dos broches, un marcapáginas, golosinas y dos libros que quería leer: *Las vacaciones de Daisy en la montaña* y el del puesto de libros con preciosas ilustraciones, *Los mitos de Grecia y Roma*.

—Menos mal que compré este libro cuando lo hice —dijo Pim a Ana, acariciándole el pelo como si todavía fuera su pequeña.

Ana entendió lo que quería decir. Habían vuelto a pasar por el mercado de Oudemanhuispoort y todos los libreros judíos habían desaparecido; los libros que vendían estaban ocultos o los habían destruido. Ana recordaba lo que Clara DePina le dijo sobre las palabras: podían recordarse, aunque todo lo demás desapareciera. Estaba prohibido leer a escritores judíos; hacerlo era un delito, pero, a pesar de la prohibición, Ana insistía en querer ser escritora. Parecía absurdo; era una joven que no tenía nada que decir y, sin embargo, el mejor de sus regalos fue el diario. Sabía que para ella sería un amigo de confianza al que contarle sus secretos.

Como los judíos no podían ir al cine, Pim había llevado a casa un proyector y una copia de la película Rin Tin Tin. Era la historia de un perro fiel y un mundo en el que las personas buenas se salvaban con facilidad. Todos la vieron en el comedor, absortos mientras las imágenes parpadeaban sobre la pared. Nadie se dio cuenta de que Ana lloró a mitad del filme: deseaba que todos pudieran entrar en él y estar a medio mundo de distancia.

***

Aunque Ana tenía trece años y ya era casi una mujer adulta, últimamente su profesor de matemáticas la trataba como si fuese una niña desobediente y le ponía deberes extra por no prestar atención en clase. Como ella no paraba de hablar durante las lecciones y era incapaz de quedarse quieta o estar callada a pesar de que le habían advertido incontables veces que dejara de hablar, su maestro la obligó a escribir un ensayo titulado «La señora Pata». ¡Qué diferente era su hermana! El trabajo de Margot siempre era brillante, conseguía excelentes calificaciones, y nunca la regañaban, mientras que Ana seguía hablando. Un día después, le pidieron que escribiera un segundo ensayo, que su profesor tituló «La incorregible señora Pata».

Como no dejaba de hablar, le pidieron un tercer ensayo sobre el tema «Cuacuá, cuacuá, dijo la señora Pata».

—¿Prefiere que esté siempre callada? —preguntó Ana.

—A veces, sí. Por ejemplo, mientras hablo yo.

Toda la clase se echó a reír ante la respuesta del profesor.

El maestro tenía sentido del humor, así que Ana, con la ayuda de su amiga Sanna, a la que se le daban muy bien las rimas, escribió algo que pensó que podría divertir a sus compañeros y también al profesor. Quizá podría ser escritora; tal vez podía empezar en ese momento.

—Cuacuá, cuacuá, dijo la señora Pata —leyó en voz alta el maestro a la clase.

Hasta él pensó que el poema que Ana había escrito acerca de su incapacidad para quedarse callada estaba bien redactado y era gracioso, y después de eso no pareció volver a enfadarse cuando Ana hablaba con sus amigos.

—Pero en voz baja —pidió.

Ese era el poder de la escritura, pensó Ana: podía lograr que la gente la entendiera, que se pusiera de su lado. Era capaz de mostrarles que era algo más que una chica tonta que no podía dejar de hablar.

A veces, Ana escribía en clase, con el brazo estirado sobre el escritorio para ocultar el papel. Sus compañeras vieron lo que hacía y sintieron curiosidad.

—¿Podemos leerlo? —preguntaron varias, pero Ana negó con la cabeza, irritada por la interrupción.

Estaba demasiado ocupada para responder. Se encontraba en el jardín de su abuela, observando a las abejas. Estaba sentada en el comedor con Oma. Estaba con el muchacho que la esperaba todas las mañanas, alguien que algún día podría amarla.

—¿Solo una o dos líneas? —pidieron otras chicas—. ¿Por encima?

—No es asunto vuestro —dijo Ana con un tono de voz que dejó en claro que no cambiaría de opinión.

La gente decía que Ana siempre estaba enfadada y de mal humor, y que las cosas se hacían a su manera o no se hacían. No había cambiado nada, aseguraban todos, pero no era verdad. No sabían que lloraba por las noches cuando miraba por la ventana buscando a los conejitos y no los encontraba. En casa, solía estar tan callada que sus padres se preocupaban, porque no estaba tan charlatana como de costumbre. Desde que su abuela había fallecido, Ana estaba segura de que sería mucho más fácil que le rompieran el corazón. Todavía, de vez en cuando, veía a la polilla negra al otro lado de la ventana. Probablemente no significara nada; no era pesar, muerte ni dolor; no podía predecir su futuro ni cambiar el pasado. Cuando volvía a mirar, no había nada, solo la sombra de las hojas. A pesar de su tristeza, se levantaba cada mañana y se enfrentaba al día. Hablaba en clase; leía todos los libros que podía; se encontraba con Hello después del colegio. Sabía cuál sería la respuesta de su Oma si le preguntara qué debía hacer después de cumplir los trece años, pues ya no era una niña.

«Disfruta cada día, vívelo como si fuera el último, no pienses demasiado en el futuro o en el pasado, corre a encontrarte con el muchacho que te espera en la plaza, lee todos los libros que puedas, escribe cada noche, mira la luz de la luna, intenta seguir viva».

CAPÍTULO TRECE

Ese día, la gente había estado llorando en la calle. Al esposo de una vecina lo habían golpeado sin piedad y se lo habían llevado. Nadie sabía por qué, cuál era la supuesta infracción. «No puedes razonar con gente irracional —le dijo Oma a Ana en una ocasión—. No se puede esperar que los nazis se comporten como la gente normal. Las personas malas se cuentan una historia que acaban creyéndose. Se dicen que son buenas, y que todos los demás son inhumanos. Se convencen de que hacen lo que el cielo quiere que hagan».

La angustiada familia del hombre golpeado fue obligada a arrodillarse en la acera y a guardar silencio durante la detención.

—¿Qué ha hecho mi marido? —lloraba la esposa del hombre, pero nadie le respondió.

Un policía la golpeó con el arma y ella levantó la mirada hacia él, aturdida. Ana había abierto la puerta y estaba parada en las escaleras. Todo estaba cambiando; nada era seguro. Vio que la esposa del hombre lloraba en el césped donde antes había conejos. Vio sangre en la acera y entre las briznas de hierba. Vio cientos de polillas negras bajo los arbustos, a la espera de la noche.

—Entra —la llamó su madre desde la puerta, y Ana obedeció por una vez.

Corrió dentro aterrorizada. Huyó como lo había hecho la noche en que encontró los conejos. Después de eso no se dijeron una palabra, pero Edith estuvo observando a su hija. El mundo era un lugar brutal; la familia de la esposa del vecino debió de recogerla de la calle, porque se negaba a moverse, o quizá no podía, tal vez se había dado por vencida.

—Ojalá no hubieses visto eso —dijo Edith.

Llevaba el pelo recogido y estaba pálida. Últimamente se ponía el mismo vestido cada día; lo lavaba en el fregadero y lo colgaba en la cocina para que se secara por la noche.

—Estoy bien —dijo Ana a su madre.

—¿De verdad?

En realidad, la chica temblaba como si fuera invierno. Miró por la ventana; la plaza estaba vacía, pero había una sombra en el lugar en que la vecina había estado arrodillada para rogar que tuvieran piedad.

—Deberíamos haber hecho algo —dijo Ana.

—Estamos haciendo algo. —Ana miró a su madre, confundida, pero Edith parecía segura—. Nos negamos a creer la historia que nos cuentan sobre nosotros.

***

La escuela había terminado, el aire era cálido y el cielo, de un azul vívido. No parecía haber pájaros en los árboles; hasta las urracas estaban calladas en sus nidos, pero ¿qué tenía de malo el silencio? Era mejor que las sirenas, mucho mejor que el hecho de que personas extrañas vinieran a llamar a la puerta. Lo hacían cada día. Tal vez el tiempo pasaría más rápido y llegarían a un futuro en que hubiera más bondad que crueldad, en que el mal fuera derrotado y los pájaros cantaran en los árboles, en que una niña pudiera salir después de las ocho de la tarde sin temor a que la arrestasen.

El sábado Ana fue a la heladería Oase con sus amigos. Se divirtieron mucho; fue como si el mundo exterior no importara, al menos durante un rato. Hello la acompañó a casa después de llevarla a conocer a su abuelo, que le pareció bueno pero chapado a la antigua, y el domingo por la mañana fue a visitarla. Hacía calor y se sentaron en la azotea. No había nadie en casa; se cogieron de la mano, ignoraron sus libros y rieron pensando en que nadie los encontraría, al menos durante unas horas. Ni siquiera tenían tiempo de ser jóvenes, y lo sabían.

***

Ana seguía viendo a Hello casi a diario, y al final él la convenció de que debía conocer a sus padres. Les pareció tan inteligente y educado que no se negaron cuando Hello les pidió permiso para que Ana y él salieran a pasear después de tomar té con galletas en lo que había vuelto a ser el comedor. Edith se llevó aparte a Ana y le preguntó:

—Entonces, ¿este es el hombre con el que te vas a casar?

Ambas se rieron; Ana miró a Hello y sintió que se le aceleraba el corazón.

—Sería una buena elección —dijo Edith.

La madre de Ana se comportaba como si les quedara muy poco tiempo, como si hubiese que tomar las decisiones importantes de inmediato; de lo contrario, no las tomarían jamás. Ana quería contarle la verdad, pero no se atrevía a expresar sus temores en voz alta. «Todo es muy nuevo, ¿cómo puedo saber qué es el amor? ¿No debería tener toda la vida por delante? ¿No debería enamorarme decenas de veces, que me rompieran el corazón y hacerlo yo también? ¿No debería tener todo el tiempo del mundo?».

Tan pronto como pudieron dejar el apartamento de forma educada, Ana y Hello salieron de allí. Fueron corriendo hasta la librería Blankevoort, donde estuvieron mirando el escaparate y señalaron los libros que querían leer. Luego caminaron por el barrio, contándose chistes. Un rato después, Hello la tomó de la mano y dejó de ser tan gracioso. Ana pudo notar el calor de la sangre de él, también el de la suya. Sintió que se quedaba sin palabras, cuando por lo general no podía parar de hablar. Días atrás, Wilma había hablado a solas con Ana y le había dicho lo mucho que le gustaba a Hello. Sin embargo, Ana comprendió que había algo más. Él le había dicho a su prima que su anterior novia no era tan interesante como Ana. La chica era dulce y encantadora, pero no estaba tan llena de vida. Le contó que su abuelo le había dicho que era demasiado joven para él, pero ¿qué sabía él sobre ella?

El abuelo de Hello quería que todo siguiera igual, que se mantuvieran las antiguas costumbres y reglas, pero ya no existían. El bien y el mal se habían difuminado. No se podía confiar en la policía holandesa, pues colaboraban con los nazis y arrestaban a los enemigos de los alemanes, cuyo único delito era existir. Nada era lo mismo. Había que tomar otras decisiones, cuestiones de vida o muerte. Hello le contó a Ana que iba a reuniones sionistas y que estaban convencidos de que la única posibilidad de sobrevivir era regresar a su patria. Su abuelo también estaba enfadado por eso. Jerusalén estaba lejos, era un país extraño, y creía que allí había fanáticos que solo le traerían problemas a un chico como Hello. Tras su última discusión, el muchacho dejó de compartir sus ideas con su abuelo, y sentía que Ana era la única persona con la que podía hablar. La cogió de la mano y no la soltó, y sucedió algo extraño: fue como si, durante esa tarde, tuvieran todo el tiempo del mundo. Antes de que se dieran cuenta eran más de las ocho, y las calles se vaciaron.

Corrieron a través de una oscuridad cada vez mayor, entre las sombras de las calles laterales. No había bicicletas, ni coches, ni personas. Por suerte, no se cruzaron con ningún soldado ni con la policía. El mundo parecía desierto, y Ana sentía la sangre más caliente que antes. Estaba acalorada, y su cabello oscuro se había enredado por la humedad del aire. Hello aún le sujetaba la mano, y corría a tanta velocidad que Ana sentía que se elevaría en el aire, pero le siguió el ritmo.

Cuando llegaron al número 37 de Merwedeplein, ya se habían quedado sin aliento. Se detuvieron en la esquina de la plaza, frente al edificio de apartamentos de los Frank.

—¿Estás bien? —preguntó Hello.

Ana asintió. Vio a alguien detrás de las cortinas. La estaban esperando.

—Volveré mañana —le prometió mientras ella entraba en el portal.

Pim estaba en el pasillo, furioso. Era muy raro que se enfadara, tanto que Ana se puso a llorar mientras su padre la regañaba por quedarse fuera hasta tan tarde. Los alemanes no estaban jugando. Ella pensó que se había comportado como una niña, y se sintió avergonzada.

—Lo lamento —dijo a su padre.

—Ya no es suficiente con lamentarlo —la reprendió Pim.

No le dijo que se había enterado de que el viernes 26 de junio habían informado al Consejo Judío de que todos los judíos de entre dieciséis y cuarenta años debían ir a trabajar a los campos alemanes. Habían comenzado llevando a poco más de trescientas personas a diario, pero fue solo el principio. Cada día llamaban a más y más personas.

No se podía andar por la calle en un mundo donde sucedían esas cosas. Pim le hizo prometer solemnemente que volvería a casa antes de que oscureciera, y que nunca más volvería a llegar tarde. «Si llegas tarde, quizá no te encontremos de nuevo, aunque te busquemos por toda la tierra. No queremos perderte de esta manera».

***

Al domingo siguiente, Hello regresó a su lugar de encuentro en la plaza. Era 5 de julio y, tumbados en el césped, Ana le narró los mitos que su padre había estudiado en la universidad, historias de chicos que volaron demasiado cerca del sol y jóvenes que vivieron bajo la tierra, ocultos entre una maraña retorcida de árboles. Contaron las nubes del cielo. Una por el pasado, una por el presente, una por el futuro. Si alguna vez llegaban a California, irían al océano Pacífico; los dos estuvieron de acuerdo. Ana no dijo que creía que ese destino era solo un sueño.

—Tendrás que cambiarte el nombre —dijo, como si fuera a suceder.

Repasaron una lista de los que sonaban estadounidenses: Kirk, Eric, Stephen. Por el momento era Hello, el chico que entendía lo que significaba querer huir. Su abuelo lo hacía dormir en el armario, por si los alemanes iban a buscarlo en mitad de la noche. Era ridículo, y se rieron porque era demasiado alto para entrar en el ropero. De todos modos, hacía lo que su abuelo le pedía, aunque a menudo se golpeaba la cabeza contra el techo.

Hello no se separó de Ana hasta que fue la hora de ir a almorzar con su abuelo; amaba a ese terco anciano que ya no podía ocuparse de sus propias comidas, pero prometió volver a visitarla por la tarde. Ella se quedó mirando al chico mientras cruzaba la plaza corriendo; siempre parecía llegar tarde a algún sitio. No volvió a casa hasta que lo perdió de vista. Comprendía los temores de su abuelo y por qué obligaba a su querido nieto a dormir en el armario. Alguien podía llevárselo y detenerlo en mitad de la noche, o podía huir y desaparecer. Hello era muy buen narrador, como su padre, y le había hablado de su viaje a los Países Bajos cuando solo tenía doce años y tuvo que huir de los guardias nazis. Cuando estaban juntos, miraba a Ana como si supiera que ella era la indicada, aunque fuera demasiado pronto para tomar una decisión tan seria. Tenían tiempo para algo tan importante. El amor llevaba tiempo, y elegir a la persona adecuada también.

Ana se preguntaba si su madre alguna vez tuvo una lista de deseos para el futuro, como ella, y si también escribió el mismo que Ana: *amar a alguien.*

—¿Por qué siempre me preguntas con quién me casaré? —quiso saber Ana mientras la ayudaba a lavar la ropa.

Estaban tendiendo las sábanas en una cuerda de la azotea, pero las llevarían dentro antes de que se secaran por completo. Las telas ondeando podían llamar la atención y hacer que la gente se preguntara: «Si tienen ropa de cama limpia, ¿qué más tendrán? ¿Candelabros de plata, pendientes de oro, monedas ocultas bajo el sofá?».

—¿Por qué no debería preguntártelo? —quiso saber Edith.

Ana se encogió de hombros.

—Tal vez nunca me case.

—Lo harás —dijo Edith.

—¿Cómo lo sabes?

Su madre no podía conocer sus sentimientos por Hello o acerca del futuro. Quería tantas cosas que no creía posible tenerlas todas.

—Lo sé porque tienes amor dentro de ti —aseguró Edith.

Estuvo a punto de decir «Porque eres especial. Por eso lo sé».

Las sábanas que habían puesto a secar eran blancas; parecían nubes sobre el cielo azul. Ana no respondió, pero era verdad. Además de todo lo que quería, sabía que deseaba amar a alguien que la amase, alguien que la conociera.

***

Ana subió a la azotea a leer. Necesitaba estar un rato sola para viajar a otro mundo, el que encontraba en las novelas y en su diario. Su padre había ido a visitar a la viuda de un conocido que acababa de fallecer en el hospital judío, y Margot estaba abajo, en su habitación. Ana quería estar a solas con sus pensamientos, y probablemente por eso no oyó el timbre. El día estaba despejado y hacía calor, pero Ana vio algo negro en el cielo, y por un instante creyó que era la urraca que había regresado; pensó que era una buena señal. Pero era una tormenta que se desataría por la mañana, y caería tanta lluvia que las calles se inundarían. Indicaba que era el día en que cambiarían sus vidas. Sucedería en ese instante, una tarde como cualquier otra, cuando el sol inundaba la azotea. Sonó el timbre y se oyó la voz de un desconocido. Era un día de verano y todo seguía como siempre. Antes de que supieran lo que ocurría, nada volvería a ser igual.

Las dos hermanas oyeron el grito de su madre después de cerrar la puerta, corriendo el pestillo a toda prisa. Pero era un único cerrojo, no miles, y nunca podría evitar lo que les esperaba. Un hombre acababa de salir de su casa. Caminaba de forma extraña, como si fuera un duende, pero era un policía, un agente cualquiera que vigilaba el vecindario y repartía mensajes del Gobierno.

Margot llegó corriendo de su habitación, y se abrazó a su madre. Presentía que había sucedido algo terrible; lo sentía en los huesos. Edith palideció y farfulló:

—Es una citación para el campo de trabajo.

Margot había oído rumores sobre lo que implicaba ser citado por el Gobierno. Todos los habían escuchado: les decían que volverían, pero la mayoría desaparecía y jamás regresaba.

***

—Ve a tu habitación y no abras la puerta —ordenó Edith a Margot—. A nadie.

Le dijo que iría a ver a Hermann van Pels, el socio de Pim, un hombre en cuyo consejo confiaba y con quien Otto y Edith habían trazado un plan para pasar a la clandestinidad.

Las hermanas se reunieron en su dormitorio sin hablar. El mundo parecía del revés. Margot aún sostenía la notificación en las manos, que le temblaban.

—Papá ha recibido una citación de las SS.

—Tal vez no tenga que ir —observó Ana.

Vio que Margot estaba llorando e hizo lo posible por consolarla. Era muy raro verla llorar; no era de las que se desmoronaban fácilmente.

—No atraparán a Pim; huirá —le aseguró Ana—. Se irá a Inglaterra.

—Es demasiado tarde para eso. No permiten entrar a judíos. —Margot ya había dejado de llorar y se secó el rostro manchado de lágrimas. Su voz era más suave que de costumbre, tanto que Ana apenas podía oírla—. De todos modos, la citación no es para él.

Ana miró a su hermana, desconcertada. Por algún motivo, le costaba respirar.

—Es para mí —dijo Margot. Parecía más pálida que nunca; se veía como una sombra en un sueño—. Es a mí a la que han citado para un campo de trabajo.

Ana negó con la cabeza. Estaba segura. Tenía que estarlo.

—No, no puede ser para ti. —No podían haber citado a su bonita y amable hermana para ir a un campo de trabajo, un lugar donde las condiciones eran insoportables, indignas, donde pocas personas sobrevivían. Era imposible. Sencillamente, no podía ser. No en un mundo en el que se suponía que el bien se imponía sobre el mal—. Lo has leído mal, seguro.

Margot negó con la cabeza.

—Pone mi nombre. Mamá no quería que lo supieras. Ha pensado que te asustarías y ha querido protegerte. Aunque solo sea por un tiempo.

—Entonces, ¿por qué te lo ha dicho a ti?

Sin darse cuenta, Ana comenzó a temblar. Bien podía no ser verano.

—Porque es mi vida; no tenía elección. Ha tenido que decírmelo.

Margot debía presentarse ante la Oficina Central de las SS para la Emigración Judía, donde los nazis organizaban las deportaciones. Allí, los deportados debían recoger su billete de tren y una lista de lo que tenían que llevar: sábanas, una manta y comida para varios días, junto con una taza, una cuchara y dos mudas. La maleta debía llevar escrito su nombre y fecha de nacimiento, junto con la palabra «Holanda».

—Se llevan a cualquier persona a partir de los dieciséis años —explicó Margot con la voz entrecortada. No parecía ser la hermana que Ana conocía, tranquila, guapa y educada—. Pronto se los llevarán a todos.

—No, llegarán los estadounidenses —insistió Ana.

—¿Cuándo? ¿Acaso los ves? —preguntó Margot—. ¿Han llegado?

Ana no tuvo tiempo de responder. Antes de hacerlo, llamaron a la puerta. Había alguien en el umbral. Las hermanas se acercaron la una a la otra, asustadas. Se deslizaron hasta el suelo y mantuvieron la cabeza agachada. Había sombras por las paredes. Las polillas revoloteaban por los rincones. Se oían ecos en el exterior.

—¿Son ellos? —susurró Ana, temerosa de los funcionarios del Gobierno—. ¿Han vuelto?

Siguieron llamando a la puerta, y entonces pronunciaron el nombre de Ana. Ella estaba agachada, temblando, tapándose los oídos. Tardó un momento en reconocer la voz de Hello. Ana había olvidado su promesa de que regresaría por la tarde después de darle el almuerzo a su abuelo. Ana quiso ponerse de pie para dejarlo entrar, pero Margot tiró de ella para que volviera a agacharse.

—No debemos abrirle la puerta a nadie —le recordó.

—¡Ha venido a verme! —dijo Ana a su hermana, preparándose para levantarse e ir a la puerta.

Margot negó con la cabeza.

—No importa. No puedes hablar con él.

—Pero ¿qué va a pensar?

Ana sintió que la invadía el pánico. Ya sabía la respuesta. Iba a creer que no lo quería y que no significaba nada para ella. Él estaba enamorado, y no quería romper su corazón, ni el suyo. No lo había tomado en serio, al menos todavía no. Si se hubiesen conocido en otra época, habrían tenido todo el tiempo del mundo. Pero en ese instante era diferente; no les quedaba.

—No puede saber lo que estamos haciendo —susurró Margot—. Lo entenderá en unos días.

Nunca lo entendería, pero ¿qué podía hacer Ana?

—Lo perderé —dijo en voz tan baja que creyó que su hermana no la oiría, pero Margot la abrazó y se cogieron de la mano mientras oían que Hello la seguía llamando, cada vez más disgustado.

—Ana, ¿estás en casa? ¿Va todo bien? —Llamó a la puerta, y luego golpeó la palma contra la madera—. ¡Ana! —gritó. Ella levantó las rodillas y mantuvo la cabeza agachada, tapándose los oídos. ¿Sabría cuánto deseaba correr a abrirle la puerta? ¿Lo entendería alguna vez? Al cabo de un rato, el ruido cesó. Se había marchado. Ana no tenía idea de qué sucedería después, pero supo que nunca volvería a oír su voz.

Edith volvió a casa con Hermann van Pels y se sentaron en la cocina a esperar el regreso de Otto. Hablaron entre susurros de su plan secreto de pasar a la clandestinidad antes de que citaran a alguno de ellos. Otto y el señor Van Pels habían estado preparando un escondite, y Pim planeaba que la familia fuera allí en diez días, pero había llegado la citación antes de desaparecer. Cuando Otto llegó a casa, les comunicó que no podían esperar más. El señor Van Pels, su esposa, Auguste, y su hijo, Peter, que acababa de cumplir quince años, se unirían a ellos pronto.

Las chicas no sabían dónde estaba ese lugar secreto, tal vez fuera el nido de un cisne junto al río, cerca del hotel en el campo, quizá huirían a una casa abandonada junto a la playa, donde el mar del Norte rugiría por la noche, o a una granja donde habría leche fresca y queso, y podrían salir de noche a buscar coles y patatas. Pero Pim seguía negándose a decirles adónde irían. Era mejor que no supieran cuál era su destino; de esa manera no se lo dirían a nadie por error. Cuando partieran por la mañana, dejarían una nota para cualquiera que los buscara, en la que sugerirían que tenían planes para viajar a casa de unos familiares en Suiza. Sus amigos no tendrían motivo para dudar de ellos, ni la policía para buscarlos. Desaparecerían hasta que el mundo volviera a ser un lugar seguro. Nunca se sabía quién podía estar observando, así que mantuvieron las cortinas cerradas día y noche, y Otto no habló con nadie sobre sus intenciones excepto con las personas que participaban en sus planes.

«Esto no puede estar pasando», pensó Ana, pero así era. No podía ser su última noche en casa. En una maleta, guardó su diario y añadió varias pertenencias. Apenas podía pensar en qué podría necesitar en ese lugar desconocido al que se dirigían, así que guardó lo primero que vio: pañuelos, libros de texto, un peine y algunas cartas. En el último momento cogió la cinta azul que había encontrado en el río, cuando ella y Pim habían ido al campo, y se la guardó en el bolsillo del abrigo. En ese instante, todo le parecía un recuerdo.

Miep, Jan y Kleiman, el socio de Otto, llegaron a las once, después del toque de queda. Estaban dispuestos a ayudarlos: les comprarían comida y mantendrían su paradero en secreto el tiempo que fuera necesario. A esas horas de la noche, recogieron las últimas bolsas de pertenencias para llevarlas al escondite. El hecho de que quedara gente tan buena en el mundo hizo llorar a la familia, ya que, si descubrían a cualquiera que los ayudara, lo detendrían. Llevarles comida o participar en el traslado comportaría la pena de muerte para ellos, si los atrapaban.

—¿Estás segura? —oyó Ana que su madre le preguntaba a Miep cuando se marchaba.

—Por supuesto, no podría estarlo más. Ahora sois mi familia.

Así eran las cosas: había gente buena y gente mala. Aunque no se la podía diferenciar a simple vista, el corazón la distinguía.

Podíamos sentir quién nos amaba y quién estaba dispuesto a arriesgarlo todo para salvarnos.

***

Su madre las despertó a las cinco y media de la madrugada, cuando todavía estaba oscuro. Llovía a cántaros, tanto que apenas podían ver fuera.

—Ponte todo lo que puedas —indicó Edith a Ana—. Quizá sea lo único que tengas durante mucho tiempo.

Hablaban en susurros, y las hermanas obedecieron. Ana no replicó. Ya no era una charlatana, sino una chica que hacía lo que le decían. Era el día en que iban a desaparecer del lugar al que los pájaros iban a esconderse entre las copas de los árboles. Allí estaban las urracas, en la copa de los árboles más altos, tan lejos que no podían verse.

Ana se puso dos chalecos, tres pares de pantalones, un vestido, una falda, una chaqueta, un impermeable, un gorro, una bufanda de lana, dos pares de medias y botas. No podían irse todos juntos: una familia entera caminando por la ciudad podría levantar sospechas; sería evidente que estaban escapando de los alemanes. Nadie hablaba. El silencio lo era todo, inquebrantable, lo único que tenían para protegerse. Margot salió primera con Miep; se fueron en bicicleta rumbo a lo desconocido. La niebla cubría la ciudad, y todo se veía gris entre la lluvia. Se había quitado la estrella amarilla del abrigo con la esperanza de que nadie la detuviera, sabiendo lo valiente que era Miep por acompañarla en esa oscura madrugada.

Ana se despidió con la mano y se quedó allí de pie, apoyando la espalda en la puerta, sin saber todavía cuál era el escondite secreto. Cuando Margot y Miep desaparecieron calle abajo, se sintió como si las hubiera perdido para siempre. ¿Habrían desaparecido en el inframundo? ¿Los soldados las atraparían de camino al escondite? Pensó en humo y cenizas, y en cómo algo podía arder entre las llamas y desaparecer en un instante.

La madre de Ana se acercó a ella.

—Las verás en unas horas —dijo Edith.

—¿Por qué siento que no lo haré?

Ana se mordió el labio. Se negó a llorar. Si lo conseguía, no volvería a llorar nunca más.

—Las verás —aseguró Edith—. Te lo prometo por mi vida.

***

Eran muy pequeñas cuando se mudaron al número 37 de Merwedeplein, pero en ese momento ya eran unas jovencitas. Trece y dieciséis años. Números de la suerte que aquel día parecían nefastos. De pie en su habitación por última vez, Ana deseó haberse ido mucho tiempo atrás. Debieron huir antes de que cayeran las bombas, cuando todavía tenían la oportunidad de escapar, pero no pudieron predecir lo que ocurriría. El futuro era un misterio hasta que te encontrabas en él. Solo podías verlo cuando mirabas hacia atrás. En ese instante veían todo lo que había sucedido hasta ese momento: los carteles, las estrellas, las normas, la desaparición de cada parte de su vida excepto de su amor mutuo.

Había hecho un calor sofocante durante toda la semana, pero la lluvia fresca que caía rompió aquella ola; Ana sintió frío mientras cogía su pequeña mochila, ya que su madre le dijo que una maleta grande podía llamar la atención.

—Date prisa —le indicó su madre—. No queda tiempo.

Mientras se preparaban para irse, el padre de Ana le dijo que no hablara una vez salieran de casa; caminarían rápido y se comportarían como si no estuvieran haciendo nada fuera de lo común. Llevarían bolsas y mochilas, como si fuesen al mercado. Cuando salían, Ana se detuvo, presa del pánico. Su gata, Moortje, seguía en casa.

—¡No podemos dejarla!

Ana sintió el impulso de ir corriendo por las escaleras, salir a la azotea y quedarse allí con su gata.

—Los vecinos la cuidarán —le aseguró su padre.

Si Ana hubiese hablado, se hubiera derrumbado. Su amada gatita estaría esperándola.

—Sabes que es verdad —dijo Pim para consolarla—. Y Moortje será más feliz aquí, en el barrio que conoce. Además, volveremos.

Ana miró a su padre. Quería creerle.

—Volveremos —insistió, pero Ana supo la verdad por el tono de su voz.

Quizá hacía un tiempo Pim creía que todo saldría bien, pero ya no estaba tan seguro. Todo podía pasar. El mundo entero podía desaparecer, ¿y dónde se quedaría entonces la gata? ¿Dónde estaría su familia, cayendo por la oscuridad al inframundo, aferrándose los unos a los otros lo mejor que pudieran?

Y luego se fueron, tal como su madre había prometido. Eran las siete y media de la mañana del 6 de julio. Dejaron los platos del desayuno en la mesa, para que pareciera que se habían ido a toda prisa, sin ningún plan.

***

Ana no pudo despedirse de nadie, era demasiado peligroso. Simplemente, desapareció. Al día siguiente, sus amigas Hanneli y Jacque fueron a verla y descubrieron que se había marchado. La llamaron por teléfono y esperaron que les enviara una carta o una nota secreta, pero no recibieron nada. Hello nunca regresó, y Ana no esperó que lo hiciera. Cuando se cansó de llamar a la puerta, se quedó allí de pie, cegado por el sol, y miró a la ventana de Ana con una expresión de anhelo indescriptible. Todo había terminado, lo sabía, y no le consoló mucho darse cuenta de que, de todos modos, eran muy jóvenes. En otro mundo podrían haberse enamorado, pero no en ese. Ana esperaba que él desapareciera de la ciudad antes de que lo llamaran a un campo de trabajo. Deseaba que fuera a algún lugar donde el mar fuese azul. Esperaba que pensara en ella cuando estuviera lejos de allí.

Cuando estuvieron listos para salir, Ana y sus padres caminaron bajo la pálida lluvia, sin atreverse a hablar mientras avanzaban por el vecindario. Los tres estaban empapados cuando llegaron al canal. Habían cruzado la ciudad hasta la zona antigua. El escondite no estaba lejos, ni junto al mar ni en una granja. Se encontraba en el edificio de ladrillos de la oficina de su padre, en el número 263 de Prinsengracht. Había dos pisos vacíos que no se usaban. Ese era el lugar que había estado preparando Otto en secreto por si había una emergencia, un día que él esperaba que no llegara nunca. Pero había llegado el día en que tenían que desaparecer, en que debían salvarse. Oirían el repicar del cercano reloj de Westertoren, que sonaba desde el campanario de la iglesia más alta de Ámsterdam cada cuarto de hora. Ana supo que ese sonido iba a ser un consuelo para ella.

—Pase lo que pase, no te abandonaré —dijo Edith a su hija cuando se acercaban al edificio.

—Lo sé —respondió Ana.

Era muy raro haber estado tan enfadada con su madre durante tanto tiempo y, de pronto, olvidarlo todo, y que cada bocanada de aire la hiciera sentir distinta.

Iban cogidas de la mano, algo que rara vez hacían. Edith la sujetaba con tanta fuerza que Ana supo que, si alguna vez desaparecía, su madre movería cielo y tierra hasta encontrarla. Aunque viajaran por bosques llenos de espinas, campos de hielo, hasta el inframundo. Irían juntas.

—Estaremos bien —dijo Edith—. Nos ocultaremos.

Ana asintió, pero no respondió. Lo único que sabía era que su vida jamás volvería a ser igual. Vio el camino de hojas sobre la acera de adoquines, caídas del cielo durante la tormenta, que los conducían al edificio de ladrillos. El día en que todo cambió para ella no fue cuando cayeron las bombas, ni cuando la reina desapareció, ni cuando quitaron los libros de los estantes. No fue el día en que prohibieron a los judíos sentarse en los bancos de la plaza o entrar en los edificios públicos, ni el que los obligaron a llevar estrellas amarillas en el abrigo. En su vida, ese fue el día diferente a cualquier otro, cuando un mundo terminó y otro comenzó, cuando le cogió la mano a su madre, cuando su padre lloró, cuando no le importó si sería o no hermosa, cuando solo quería tener la posibilidad de crecer, lo único que pedía por el momento. Fue el día en que el presente se convirtió en pasado, y el futuro era demasiado oscuro para verlo, cuando la lluvia al final se detuvo y la urraca se posó en el árbol, después de seguirla por última vez.

Las calles estaban vacías a esa hora. La gente se ocultaba en su casa, muchos todavía en la cama, profundamente dormidos. Ana pensó en Perséfone atrapada en el inframundo, escondida de todo lo que alguna vez había conocido, esperando la primavera. Se sintió agradecida de haberse llevado el diario. Miró en la mochila para asegurarse de que no se hubiera caído mientras se apresuraban a llegar a su escondite. Sintió un repentino y extraño estremecimiento de miedo al plantearse la posibilidad de haberlo perdido, pero allí estaba, y se alegró muchísimo. El mero hecho de ver su diario le dio esperanza. Lo escribiría todo.

Aunque la lluvia había amainado, el aire seguía húmedo y olía a árboles. Las hojas eran tan pesadas que caían al suelo como nubes, como si fuera otoño. En ese momento Ana supo que no eran hojas, sino polillas negras que caían porque tenían las alas demasiado empapadas como para volar. Sintió una punzada en el pecho y le costaba respirar. Quería la vida de antes. Quería que el mundo siguiera siendo el mismo. Quería que el bien triunfara sobre el mal, y que atraparan a los monstruos, y que los encadenaran y encerraran. Ana se preguntó si alguna vez volvería a sentir la lluvia sobre el rostro, si alguna vez se sentaría bajo un olmo de nuevo. En esa zona había muchas familias que vivían en la clandestinidad, adolescentes, jóvenes, y madres y niños cuyos nombres jamás conocería. No sabía qué habían sentido al pararse en la calle por última vez, pero quizá no era tan diferente de lo que ella notaba en ese instante.

Lo recordaba todo. No solo las bombas, las palizas y las normas. Estaba la vida que había vivido. Estaba el cielo nublado y los conejos en el césped, estaba el recuerdo de un muchacho que llamó a la puerta de su apartamento cuando ella no pudo responder, estaba el río sobre el que habían patinado y el olmo en el que una vez hubo una urraca que se había ido volando y no había vuelto hasta ese día. Recordaba los adoquines de la acera, el agua oscura del canal, la expresión del rostro de su madre, los charcos de lluvia. El último instante de cualquier cosa nunca se olvida.

Miep estaba en la puerta, esperándolos. Tan rápido como pudo, Ana sacó un trozo de papel y un lápiz del bolsillo. Escribió su deseo, buscó la cinta azul, corrió hacia un olmo cercano y ató el papel a la rama más baja. Su madre la observaba. No le metió prisas, como solía hacer, aunque había llegado la hora de esconderse. El papel atado al árbol se movió de un lado a otro como una campana muda.

—Es solo un deseo —explicó Ana.

—Bien —accedió su madre. En sus ojos había polvo, o una brizna de hierba. Ana sabía lo que significaba. Cuando eso ocurría, había que esconder las lágrimas—. Espero que se haga realidad.

«Recuérdanos». Ese fue su deseo. Eso fue lo que escribió. «Recuérdame».

***

Cuando Ana entró, no se atrevió a mirar atrás. A partir de ese momento, solo miraría hacia delante. Afuera, en la calle, estaba el mundo en el que habían vivido. ¡Qué bonito había sido! Antes lo tenían todo, y recordaría cada instante, aunque no pudiera volver atrás. El almacén olía a canela, ajo y pimienta. Estaba tan oscuro que parecía que hubieran caído en el inframundo. Subieron por una empinada escalera hasta los cuartos en los que se quedarían hasta el final de la guerra; Margot ya estaba allí. Si subían la persiana, podían ver los árboles desde el tragaluz; parecía que todo el mundo era verde, como si hubiera un bosque al otro lado de la puerta, pues vivían en un mundo propio. En toda la ciudad había mundos secretos de personas ocultas que no tenían forma de huir. Por el momento, contaban con un lugar en el que estar, un sitio en medio de la ciudad y, sin embargo, tan lejano del resto de la vida que podría haber sido otro país.

El día estaba comenzando y había mucho que hacer. Colgarían cortinas y colocarían sábanas limpias en los colchones desnudos. Luego, Ana empezaría a decorar las paredes del pequeño dormitorio con su colección de postales, que Pim se había llevado como sorpresa. Pero, antes de todo eso, antes de que Ana contemplara el cuarto en el que dormiría durante los siguientes dos años, antes de que se preguntara si algo era justo, antes de perder a todos los que alguna vez amara o llorara, antes de pensar en las estrellas del cielo que nunca vería, antes de llorar por el futuro que les aguardaba, antes de sacar el diario, se dio la vuelta y cerró la puerta.

LO QUE RECORDAREMOS

El hielo azul, las librerías, tu abuela durmiendo en el comedor, la heladería, tu clase, los libros que leíste, el hotel junto al río, las fotografías de estrellas de cine pegadas encima de la cama, la urraca en el árbol, tu hermana en la puerta haciéndote señas para que te des prisa, entender por fin que tu madre te buscaría por todo el mundo si desaparecieras, el futuro con el que soñabas, la esperanza de que, muy en el fondo, las personas eran buenas.

Sabías que tenías que escribirlo todo. En cuanto lo hicieras, tu mundo no desaparecería, tu abuela seguiría llamándote, tu padre te convencería de que eres bonita, seguiría habiendo un chico esperándote en una esquina que podría haber sido tu primer amor si hubieses tenido tiempo.

Sigues ahí, sentada en la cama, escribiendo, poseedora de un secreto que puedes contarle al mundo.

El amor lo es todo, el amor está en todas partes, es lo único que nunca podrán arrebatarte.

***

Ana falleció a los quince años en el campo de concentración de Bergen-Belsen, poco después de que muriera su hermana Margot, dos meses antes de que las fuerzas británicas liberaran el campo.

Holocausto, del griego *holokauston*, una ofrenda consumida por el fuego.

EPÍLOGO

El año en que cumplí los doce, descubrí muchos de los libros que fueron más importantes para mí, aquellos que me cambiaron la vida. Nos ocurre a muchos. A los doce, nos estamos convirtiendo en los lectores adultos que algún día seremos y, con suerte, es una época en que tenemos la libertad de entrar en una biblioteca o librería y elegir cualquier libro que deseemos leer. Con ellos podemos experimentar, encontrar las voces que nos hablan y ver la vida que nos rodea como algo completamente nuevo.

El libro que influyó en mí más que cualquier otro fue *El diario de Ana Frank*. Cambió mi forma de ver el mundo. Cambió la persona que era y en la que me convertiría. Lo leí en 1964, solo veinte años después del asesinato de Ana a manos de los nazis en el campo de concentración de Bergen-Belsen. Sin embargo, sabía muy poco sobre el Holocausto y el genocidio sistemático de los judíos en Europa. Pensándolo ahora, creo que mi familia, judíos neoyorquinos que habían emigrado de Rusia, quisieron mirar hacia el futuro en vez de recordar las tragedias del pasado, como muchas personas que llegaron a la edad adulta durante la Segunda Guerra Mundial. Mi padre nunca habló de su lucha en el frente de Francia, ni de los traumas que experimentó allí. La generación que había visto las atrocidades de la Segunda Guerra Mundial quiso proteger a sus hijos de la brutalidad de la guerra. Eran épocas en que la gente que tenía cáncer prefería no decir esa palabra en voz alta, sino que se refería a la enfermedad como «la C mayúscula», como si pronunciarla atrajera la mala suerte. Los secretos familiares se mantenían en secreto, y a los niños se los protegía de las verdades dolorosas. «No hables de tus problemas y guárdate el dolor», nos decían. Era un mundo nuevo, y muchos solo querían ver el brillante futuro que esperaban crear. Pero ahora sabemos que, si no nos enfrentamos al pasado, estamos condenados a que se convierta en una obsesión. Hemos aprendido que es mejor honrarlo mediante los recuerdos, y no permitir que los terribles hechos de la guerra se acallen, sin importar lo difícil que sea asimilar el conocimiento. Si no hablamos del pasado, seguramente habrá quienes aprovechen para negar la verdad e insistir en que nunca sucedió.

El extraordinario libro que encontré en una feria del libro me hizo descubrir un mundo de dolor y tristeza que nunca me habían contado, pero también me hizo conocer a la mejor narradora en primera persona de la literatura. Para mí, una niña de clase obrera que solo había leído a autores masculinos en el colegio, leer *El diario de Ana Frank* me hizo darme cuenta de que una muchacha judía podía ser escritora. Hizo que también yo quisiera serlo, y es muy difícil que hubiese imaginado esa posibilidad para mí de no haberlo leído. Un libro pertenece a su autor, pero también al lector, y puede significar muchas cosas para diferentes personas. Para mí, *El diario de Ana Frank* iluminó los deseos de una chica cuyo mayor deseo era ser escritora. La voz de Ana me interpeló de una manera que ningún autor había hecho antes. A pesar del cruel final de su vida a los quince años, su diario me ayudó a ver que, aunque hubiera maldad en el mundo, aunque fuera imposible tener esperanza, existía la posibilidad de ser valiente. Era posible no ser olvidada y seguir viviendo en lo que uno había escrito. Era posible tener un sueño.

Existen muchas razones por las que *El diario de Ana Frank* es un clásico, y por las que Ana se convirtió en la voz del Holocausto. Otras familias pasaron a la clandestinidad, otras personas tuvieron destinos horribles e injustos y muchas escribieron en diarios para documentar su experiencia. Sin embargo, el de Ana se destaca no solo por ser un documento humano que recuerda al mundo lo que les sucedió a los judíos y nos advierte acerca del brote de antisemitismo y la importancia de ocuparse de las necesidades de los refugiados, sino porque trasciende su forma para convertirse en literatura. La voz singular de Ana, divertida, provocadora y brillante, permite que los lectores sientan que la conocen. Es una voz tan personal que, cuando leemos su diario, nos convertimos en Ana, y a través de ella experimentamos una vida que nunca tuvimos. El libro es tanto una advertencia como una bendición. Lo que ocurrió una vez puede volver a pasar. El mal camina por el mundo, y a menudo pasa desapercibido hasta que es demasiado tarde, como sucedió en los Países Bajos y en toda Europa. Cuando Ana le escribe cartas a Kitty, su amiga imaginaria, en el diario, nosotros, los lectores, nos convertimos en esa amiga, somos la persona en quien confía, la que la escucha de verdad, la que aprende lecciones sobre el amor y los recuerdos.

Nadie sabe en qué pensaba Ana antes de comenzar a escribir su diario, y gran parte de su vida entre los diez y trece años está inventada en las páginas de mi novela, como las conversaciones, emociones y experiencias. Los detalles de sus relaciones con otras personas son producto de mi imaginación, aunque se basan en mis investigaciones y lecturas. Hay personajes y escenas que también me los he inventado: es imposible saber qué sucedía a diario, qué conversaciones mantenían y cuáles eran sus sentimientos reales. Escribir ficción histórica es como escribir una novela de misterio: debemos inventar lo que no hay forma de saber. Tomamos fragmentos de la historia y recreamos el mundo.

Por lo que sabemos, Edith nunca le regaló un collar, y nadie sabe qué sentía Ana por Hello Silberberg, como tampoco sobre qué discutían las hermanas, tan diferentes como el día y la noche, pero que estuvieron juntas hasta el final de su vida. Lo que sí sabemos es que las relaciones con Ana eran complicadas, en especial con su madre y su hermana, y a juzgar por los informes de observadores que estaban presentes cuando Edith y sus hijas fueron enviadas juntas a un campo, y después, cuando a Margot y Ana las internaron en otro, las hermanas se protegían y pasaban todo el tiempo juntas, y murieron con días de diferencia. Los hechos son los hechos. Los Países Bajos fueron invadidos el 10 de mayo de 1940 por la Alemania nazi, que ya había tomado Polonia y Austria. Su misión era librar al mundo de los judíos, junto con personas de ascendencia eslava, la población romaní y *sinti*, y otros a quienes no consideraban dignas de vivir, incluidas los y las homosexuales, transgénero y las que tenían una discapacidad física o mental. Es un hecho que seis millones de judíos murieron durante el Holocausto, también conocido como *Shoá*, palabra hebrea que significa 'catástrofe'. Es un hecho que tres cuartas partes de los judíos holandeses fueron asesinados, el porcentaje más alto de víctimas deportadas de un solo país de Europa occidental y uno de los más altos de judíos asesinados en un solo país europeo. Según se dice, fueron ciento dos mil víctimas. Es verdad que otros países rechazaron a los refugiados judíos, de la misma manera en que, hasta hoy, siguen cerrándosele las puertas a otros refugiados de regímenes brutales. La filosofía nazi era racista y antisemita. Los nazis creían que la raza aria, alemana, era superior. Consideraban que los judíos eran inhumanos o demonios. Bajo el liderazgo de Adolf Hitler, el genocidio de los judíos se convirtió en la meta nazi.

El 4 de agosto de 1944, agentes de la policía holandesa y un oficial de las SS asaltaron el escondite de los Frank y arrestaron a los que allí se ocultaban y a dos de sus ayudantes. El 3 de septiembre de 1944, metieron a la familia Frank en el último tren a Auschwitz desde el campo de tránsito de Westerbork. A quinientas cuarenta y nueve personas las sacaron de sus vagones y las llevaron a las cámaras de gas, donde las asesinaron. Separaron a los hombres de las mujeres. Edith y sus hijas se despidieron de Otto Frank en el andén. Luego, en noviembre, las hermanas fueron separadas de Edith y las trasladaron al campo de concentración de Bergen-Belsen. La liberación de los Países Bajos por parte de los Aliados había comenzado en el mes de septiembre anterior, y el ejército canadiense, incluidas unidades británicas y polacas, fue el primero en luchar allí contra los nazis; pronto llegaron también las tropas estadounidenses. Sin embargo, por semanas o meses, fue demasiado tarde para los Frank. Edith murió en Auschwitz el 6 de enero de 1945, tres semanas antes de la liberación de ese campo. En Bergen-Belsen, el tifus hacía estragos debido a las deplorables condiciones sanitarias, y esa enfermedad contagiosa fue responsable de miles de muertes. Ámsterdam fue liberada el 5 de mayo de 1945. Se supone que Ana Frank falleció de tifus, puede que en febrero de 1945, dos meses antes de que las fuerzas británicas liberaran el campo de Bergen-Belsen el 15 de abril de 1945 y solo unos días después de que su hermana Margot muriera de la misma enfermedad. Otto sobrevivió, y una de las amigas íntimas de Ana me contó que, cuando volvió a Ámsterdam, cada vez que la visitaba rompía a llorar.

Ana era especial, es cierto, una brillante escritora con una mente vivaz, pero también alguien normal y corriente. En cierto modo, eso la hace tan especial para nosotros. Era la chica que somos todos, adorable, exasperante e inteligente. Era soñadora y realista, pero, por encima de todo, era una muchacha que quería tener un futuro. Se lo merecía. Cuando la recordamos —tanto a ella como el destino de su pueblo—, honramos no solo a Ana, sino también a todos los que se perdieron durante la guerra. «Recuérdanos», nos dice el diario en cada línea, y por eso debería ser una lectura obligatoria para cada todos los niños de Estados Unidos y de todo el mundo. «Recuérdame».

Alice Hoffman

AGRADECIMIENTOS

Quiero expresar mi más profunda gratitud a mis editores en Nueva York y Londres, Lisa Sandell y Miriam Farbey, por proponerme este proyecto y tener fe en que, juntas, podríamos contar la historia de Ana anterior a que la familia Frank se ocultara. Vaya un agradecimiento especial a Lisa, por todas las horas que pasamos juntas. No podría haber escrito este libro sin mis editoras, ni tampoco habría imaginado hacerlo. El objetivo de la ficción es dar sentido a un mundo tan increíblemente cruel que, a veces, solo podemos empezar a comprender el pasado y el presente en el lenguaje de los cuentos de hadas y los mitos.

Quiero dar las gracias a Amanda Urban por seguir teniendo fe en mí, y a Ron Bernstein, que siempre ha apoyado mi trabajo.

A mi querida amiga Jill Karp, todo mi amor y gratitud por viajar conmigo a Ámsterdam.

Asumo todos los errores históricos, pero en Ámsterdam tuve la suerte de hablar de la historia de la familia Frank con varios expertos. Estoy en deuda con la Casa de Ana Frank y sus investigadores, con quienes tuve el privilegio de trabajar: Eugenie Martens, Menno Metselaar y Gertjan Broek, y también con Tom Brink y Ronald Leopold. Deseo expresar mi agradecimiento a Jacqueline van Maarsen y Maarten Sanders por reunirse conmigo.

Gracias también a Janny van der Molen y Dienke Hondius por la conversación que mantuvimos sobre Ana y la familia Frank, y respecto a la situación de las personas que vivían escondidas durante la guerra.

Quiero dar las gracias a Rian Verhoeven por la visita guiada al barrio de los Frank.

Gracias a Joan Adler, de la Straus Historical Society.

Quiero agradecer a Madison Wolters y Deborah Revzin sus lecturas del manuscrito.

También deseo dar las gracias al profesor Avinoam Patt, y a Doris y Simon Konover, presidenta y director de Estudios judaicos del Centro de Estudios Judaicos y Vida Judía Contemporánea de la Universidad de Connecticut, por leer y comprobar los datos del manuscrito.

Muchas gracias a Elizabeth Parisi, Seale Ballenger, y a todos en Scholastic. También a Nicole Dewey.

A mi abuela Lillie, que me contó su historia de despertar entre lobos y observar aves en el bosque. Siempre te estaré agradecida.

BIBLIOGRAFÍA
ADICIONAL

Frank, Ana, *Diario de Anne Frank,*
Barcelona: Debolsillo, 2021.

Frank, Ana, *Cuentos del escondite secreto,*
Barcelona: Debolsillo, 2000.

Metselaar, Menno, *Anne Frank, Dreaming, Thinking, Writing.*
Ámsterdam: Anne Frank House, 2017.

Müller, Melissa, *Ana Frank. La biografía,*
Barcelona: Paidós, 2015

***

La Casa de Ana Frank se fundó el 3 de mayo de 1957 con la cooperación de Otto Frank, el padre de Ana. Se trata de una organización independiente sin ánimo de lucro que gestiona un museo en el edificio en que se escondió Ana. Intentan dar a conocer la historia de la vida de Ana a la mayor cantidad de personas en todo el mundo, con el objetivo de crear conciencia sobre los peligros del antisemitismo, el racismo y la discriminación, así como respecto a la importancia de la libertad, la igualdad de derechos y la democracia. La Casa de Ana Frank investiga la historia de la familia Frank y de otras personas escondidas, así como el antisemitismo, el racismo y el extremismo de la derecha en los Países Bajos.

¡QUEREMOS SABER QUÉ TE HA PARECIDO LA NOVELA!

Nos puedes escribir a hola@vreuropa.es
con el título de este libro en el asunto.

Encuéntranos en

 tiktok.com/@vreuropa

 twitter.com/VREuropaYA

 instagram.com/VREuropa

COMPARTE
tu experiencia con
este libro con el hashtag
#vuelohacialalibertad